Perfetti così

di

Daniela Perelli

Sinossi: Cloe è una studentessa universitaria di buona famiglia, ma semplice e indipendente. Decide un giorno di rispondere a un annuncio e diventare così la dog sitter di quattro adorabili pesti, riuscendo a conciliare perfettamente lavoro e studio. Non può di certo pensare che la sua vita tranquilla verrà stravolta. Invece, un incontro lungo la Senna con Oliver, un ragazzo cupo e misterioso, e il ritrovamento del ciondolo che lui perderà, la porterà a scoprire un amore segreto di cui Oliver è il portavoce. E forse chissà: proprio grazie a questo ciondolo le loro vite verranno messe sottosopra, portandoli a non poter più fare a meno l'uno dell'altra, nonostante le loro strade seguano direzioni differenti.

"Un pianeta migliore è un sogno che inizia a realizzarsi quando ognuno di noi decide di migliorare se stesso."

Gandhi

"Sei così semplice, che la bellezza intorno a te mi sfiora come un bacio lento."

Sonohra

A Giulia, Luca e Alessandro.
Siete perfetti così come siete.

Capitolo uno
Cercasi dog sitter

Cloe guardava da dieci minuti l'annuncio posto sulla vetrina della clinica veterinaria. C'era scritto: "Cercasi dog sitter, seria e amante dei cani. No perditempo".

Eh, be'. Le sembrava un po' buffo come annuncio. Per lei era più che ovvio che, se una persona qualsiasi rispondeva all'annuncio, doveva amare i cani senza ombra di dubbio, no? Le sembrava scontato, insomma. In fondo era un po' come diventare una baby sitter. "Se non ti piacciono i bambini meglio cercare altro", pensò.

Quando finalmente si decise, facendo parte di quella categoria amante dei quattro zampe, strappò dall'annuncio una delle tante alette con su scritto nome e numero di telefono della persona interessata. Una certa Lily.

Proprio mentre stava per mettere via, al sicuro nella sua borsa, il numero di telefono del lavoretto che le avrebbe creato un po' di indipendenza portando avanti i suoi studi universitari, al di là della parete a vetro spuntò, dalla porta dello studio, una testa rossa e riccioluta. Doveva essere la veterinaria. Il camice bianco che indossava non lasciava alcun dubbio. La donna le fece un cenno con la mano destra, mentre con la sinistra indicava l'annuncio posto sulla vetrata che separava l'esterno dalla sala d'attesa della clinica.

Cloe ricambiò anch'essa con un gesto di saluto, mentre la veterinaria si avvicinava a lei.

Le si fermò davanti sorridente e le disse: «La signora Lily è una mia conoscente. Quell'annuncio è lì già da un mese. Se non troverà qualcuno che possa tenerle i cani mentre è al lavoro, le daranno lo sfratto, perché purtroppo le bestiole quando sono sole in casa abbaiano a ogni minimo rumore.» Doveva essere proprio una cara signora per preoccuparsi così.

A Cloe faceva molta tenerezza, anche se doveva ammettere di essere troppo concentrata sulla parola "cane" usata al plurale. Quanti erano, allora? Cercò di non soffermarsi troppo su questo dettaglio di poco conto. Cercò di pensare solo alla povera signora Lily, e di mettersi nei suoi panni. Tutto il giorno via di casa al lavoro, con il pensiero incessante dei suoi cani soli che abbaiavano disturbando il caseggiato.

No. Non poteva permetterlo ancora.

Doveva fare assolutamente qualcosa per aiutare questa donna.

Salutò la veterinaria assicurandole che avrebbe accettato più che volentieri questo lavoro. La vide subito rasserenarsi in volto.

Ne era davvero felice.

Senza pensarci ulteriormente, estrasse il bigliettino con il numero di telefono dalla borsa e, cellulare in mano, la chiamò immediatamente. La signora Lily rispose al secondo squillo e, non appena apprese la conferma positiva tanto agognata, diede il suo indirizzo a Cloe, dandole appuntamento per il mattino seguente, cosicché potesse fare amicizia con Rudolf, Barnaba, Lola e Sissi. Cioè, erano quattro? Aveva capito bene? O erano solo due con due nomi ciascuno; *Rudolf Barnaba*, *Lola Sissi*, proprio come tanto usava un tempo nelle famiglie aristocratiche? Questo buffo pensiero la fece sorridere, anche se di un sorriso pur sempre teso e forzato. Sperava per lo meno che si trattasse di esserini minuscoli come pincher, o al massimo barboncini toy!

Si fece nuovamente coraggio, soprattutto grazie alla felicità che la donna dall'altra parte del telefono sprigionava, e accettò.

Capitolo due
Come due vecchie amiche

Sembrava una scena già vista. Cloe di nuovo immobile, anche se questa volta si trovava di fronte alla porta d'entrata della signora Lily. Abitava in una palazzina, al piano terra, con un'entrata solo per lei. La sua porta sembrava più l'uscio che portava in una tavernetta, a dire il vero. Era l'unica con una propria entrata, visto che a fianco c'era il portone con il citofono a lato, che non lasciava alcun dubbio sul fatto che si trattasse di una palazzina con più appartamenti. Invece, questa piccola porticina, adornata da una cornice di edera selvatica, sembrava così sola e abbandonata a se stessa, ma con quel fascino difficile da descrivere.

Finalmente si decise, sollevò la mano e bussò con garbo. Non voleva far abbaiare i cani come pazzi. Evitò per questo il campanello.

Ma non servì a molto, perché il concerto cominciò comunque dalla parte opposta della porta. "Be', per lo meno fanno la guardia", pensò Cloe.

Quando la porta si aprì, si trovò di fronte una graziosa anziana dai capelli color argento acconciati in un carré perfetto, e gli occhi azzurri. Molto minuta. Una piccola bambolina tascabile, sembrava.

Pensò che da ragazza doveva essere stata molto, molto bella. Lo era ancora adesso, a modo suo. Molto diversa da lei. Cloe era bionda e portava i capelli lunghi fin sotto il sedere, acconciati in morbide onde naturali. Alta poco più di un metro e settanta e piuttosto formosa, forse troppo formosa, ma era fatta così e col tempo imparò ad accettare le sue curve, anche se una piccolissima punta di invidia per le ragazze minute non poteva nascondere di averla provata molto spesso.

«Ciao, tu devi essere Cloe. Piacere di conoscerti.»

«Il piacere è mio, signora» rispose Cloe con la sua voce tenera e rassicurante. La voce di una persona che tutti, nessuno escluso, avrebbero voluto come amica.

«Chiamami Lily, mi farebbe molto piacere cara.» Cloe le sorrise, accennando un lieve sì con il capo.

Mentre facevano le dovute presentazioni, quattro teste sbucarono dall'uscio della porta. Avrebbe dovuto badare e portar fuori questi tre giganti più… un topo?

Certo era grazioso, ma non riusciva a fare a meno di chiedersi come potevano esistere cani così piccoli. E poi era davvero buffo nascosto tra le zampe dei tre molossi! Non si intendeva molto di razze canine ma da quel poco che sapeva dovevano trattarsi di un Labrador, un Pastore tedesco, un Boxer e un Pincher.

A guardarli sembravano innocui. Scodinzolavano e non avevano per nulla l'aria minacciosa, a parte il Pincher… Le scappò un sorriso divertito, nel vederlo ringhiare. Sembrava quasi stesse per saltarle addosso, da un momento all'altro, per afferrarle il naso. Un po' cominciò a sudare a causa di quell'immagine, cruda e buffa, nella sua testa.

Lily la invitò a entrare e cominciò con le dovute presentazioni. Rudolf era il Boxer, Barnaba il Labrador, Lola il Pastore tedesco, e Sissi, la più terribile di tutti, il Pincher.

«I giganti sono buoni e docili, ma tendono un po' a tirare durante le passeggiate, Sissi… be', Sissi… diciamo che è la capo branco!» affermò Lily.

Cloe non ebbe da ridire nulla, in fondo se ne era già accorta da sola.

Avrebbe accettato la sfida. Non aveva alcuna intenzione di tirarsi indietro. E poi i soldi, anche se pochi essendo un lavoretto part time, le avrebbero fatto davvero comodo.

I suoi genitori vivevano fuori città e non le piaceva dover dipendere da loro anche se, di certo, mai le avevano fatto pesare nulla. Cloe studiava e si era sempre comportata egregiamente. La sua era una famiglia non ricchissima, ma benestante, questo sì. E teneva anche molto alle apparenze, soprattutto sua madre Laurelail, una donna molto raffinata e colta. Suo padre Jeff era un po' più alla mano, ma pur sempre un avvocato, e come tale non poteva far altro che mantenere un certo decoro in ogni situazione che gli si presentava.

Lily le offrì un buon caffè e cominciarono a chiacchierare amabilmente. Le spiegò che era una calzolaia e aveva una piccola bottega gestita di generazione in generazione e che, nonostante la sua età avendo appena compiuto la bellezza di settantacinque primavere, non se la sentiva di cederla. Purtroppo non aveva avuto figli e non avrebbe potuto tramandare la tradizione di famiglia. Sapeva solo che, molto presto, avrebbe dovuto trovare qualche giovane di cui potesse fidarsi a cui lasciare tutto. Non aveva altra scelta. A Cloe si strinse il cuore.

Non poteva portare con sé in negozio i suoi cani, perché molte delle anziane signore sue clienti avevano paura, specialmente dopo che Sissi, nel retrobottega, indisturbata, distrusse un paio di scarpe di una signora di un certo ceto.

"Eh sì! Sei proprio terribile Sissi!", pensò Cloe, dopo il racconto di Lily. Ma l'affetto che provava per questi quattro trovatelli era infinito e non voleva che finissero di nuovo al canile per colpa sua. Perché non poteva seguirli come avrebbe dovuto. Lei lavorava non solo per se stessa e per mantenere questa piccola ma graziosa casa, lavorava anche per loro. Per tenerli con sé. Proprio come se fossero dei figli. Cloe era visibilmente commossa e si sentì vicina a questa donna. Aveva già intuito che sarebbero diventate molto amiche. Sentiva però che Lily non le aveva detto proprio tutto della sua vita. Aveva capito, dal suo cambio d'umore improvviso, che qualcosa la faceva soffrire, ma non le chiese nulla. Forse era vedova da poco? Sarebbe stata lei a confidarsi.

Se mai avesse voluto, Cloe l'avrebbe ascoltata.

Solo dopo aver chiacchierato come due vecchie amiche parlarono dello stipendio di Cloe, del contratto, e degli orari in cui avrebbe dovuto occuparsi delle sue quattro pesti. Il giorno seguente avrebbe cominciato e dopo quasi tre ore che era in quella piccola casa e aveva fatto conoscenza con loro, acquisì un po' più di sicurezza. Tutto sarebbe andato per il meglio e poi si sarebbe tenuta occupata fuori dagli orari universitari e di studio, visto che era arrivata a Parigi da poco e non aveva ancora degli amici con cui uscire. Le sembrò un ottimo inizio.

Capitolo tre
Uno strano incontro luciferino

Mancava solo una settimana all'inizio dei corsi universitari alla Sorbona, con indirizzo psicologia. Avrebbe lavorato con le persone disagiate un giorno, avrebbe cercato di rendere la loro vita migliore. Era sempre stato il desiderio di Cloe fin da piccola e i suoi genitori l'avevano sempre supportata. Anche in questo caso le avevano dato una mano nel cercare un alloggio nei pressi dell'università e qualcosa di grazioso lo avevano anche trovato. Divideva questo appartamentino nel centro universitario con altre due ragazze, che però erano già al secondo anno. Simpatiche, niente da dire.

Una nerd e una vamp. Così le aveva catalogate.

Lei era nel mezzo. Né carne né pesce.

Diciamo una ragazza molto graziosa e intelligente, sempre ottimi voti a scuola, ma non si era mai sentita una secchiona e né tanto meno una *femme fatale*, vista la semplicità del suo abbigliamento ordinario. Sua madre spesso le faceva notare che avrebbe potuto vestirsi con più raffinatezza e accortezza, in fondo faceva parte di una famiglia di un certo ceto sociale, ma a lei non importava. Stava comoda indossando i suoi vestitini di una taglia in più e le ballerine con un minuscolo tacco appuntito. Che poteva farci? E poi quei fianchi pronunciati non le lasciavano molto scampo, insomma. Questi pensieri la accompagnarono durante la prima vera e propria passeggiata con i cuccioloni. Sapeva già che una volta cominciati gli studi avrebbe dovuto rivedere un po' gli orari con Lily, la quale l'aveva rassicurata sul fatto che avrebbe modificato anche i suoi di orari in negozio, in base alle possibilità di Cloe.

In fondo era anziana e qualche ora di lavoro in meno le avrebbe fatto solo che bene. Anche i clienti avrebbero capito, e poi la mole di lavoro di un calzolaio ai tempi d'oggi non era di certo come molti anni prima.

Tutti quei kit che i centri commerciali propinavano per poter ripararsi le scarpe da soli, purtroppo avevano avuto i loro frutti, togliendo un po' di lavoro a chi ancora si sentiva ed era a tutti gli effetti un artigiano vecchio stampo.

«Siamo nel 2016», le aveva detto Lily, «ci si deve adattare al cambiamento!» "Quanto è vero", pensò Cloe.

Peccato che per lei la parola cambiamento non era mai esistita, a parte ora, lontana da casa, ma non abbastanza che un'ora di macchina non rimediasse.

Tutto stava procedendo bene: era una giornata di fine estate abbastanza fresca e il rumore della Senna che scorreva era davvero un toccasana.

Di fronte a lei, anche se a una notevole distanza, la torre Eiffel faceva da sfondo.

Attraversò un po' goffamente un ponticello; i tre molossi tiravano un po', ma Sissi! "Mi verrà un infarto!", pensò Cloe.

Siccome questo piccolo tratto di strada lungo il fiume era pedonale e circondato dal verde, pensò di slegare un po' i cani. Vista l'ora non c'era nessuno a cui potessero recare disturbo e poi Lily le aveva detto che poteva stare tranquilla, non sarebbero mai scappati tanto erano fifoni di ciò che non conoscevano.

Venivano dal canile, chissà cosa avevano passato, non poteva di certo biasimarli. E poi un po' li capiva, in fondo si sentiva spesso anche lei un pesce fuor d'acqua.

Non le dispiaceva stare sola con se stessa.

Era sempre stata così.

Tutti entusiasti, cominciarono a girare sul prato che costeggiava la parte interna della strada, mentre dall'altra il fiume scorreva imponente in tutto il suo fascino.

Fece attenzione nel raccogliere i bisogni dei cani per poi buttarli nella pattumiera, non voleva di certo passare per una cittadina maleducata!

Tutto procedeva per il meglio. Procedeva, appunto…

Fino a che Sissi non puntò il suo sguardo verso orizzonti lontani: cominciò a ringhiare mettendo i sensi di Barnaba, Rudolf e Lola in allerta.

Cloe pensò che forse sarebbe stato meglio rimetterle subito il guinzaglio.

«Sissi, vieni qui piccolina, su!» le disse. Ma se ne pentì subito. Avrebbe dovuto avvicinarsi di soppiatto e metterle il guinzaglio senza che avesse il tempo di accorgersene.

«Sissi!! Dove corri, vieni subito qui!!» Troppo tardi.

Cloe non poté far altro che correrle dietro con gli altri tre molossi al seguito. Quando superò la curva della strada, si bloccò di colpo: sulla panchina che dava sul fiume c'era seduto un ragazzo.

Indossava una tuta intera da motociclista nera, con delle fiamme disegnate ai lati delle braccia. Teneva la testa tra le mani e i gomiti, che sostenevano il tutto, appoggiati sulle ginocchia.

I capelli scuri molto corti dietro il collo e un ciuffo riccio che gli ricadeva in avanti coprendogli il viso insieme alle mani. Ne era incantata, ma intimorita allo stesso tempo.

I tre molossi di fianco a lei immobili. Sissi, ferma a un metro di distanza da questa figura che emanava fascino e virilità, gli ringhiava debolmente. Mise intanto i guinzagli ai tre e si avvicinò pian piano per prendere Sissi.

Quando fu più vicina, cercando di non fare alcun rumore per non disturbare, Sissi cominciò ad abbaiare e fu così che il giovane misterioso sollevò il viso.

Guardò Sissi e poi subito Cloe.

Terrore, era questa la parola giusta? Un viso bellissimo, questo sì. Due occhi neri e intensi ma... quella cicatrice sulla guancia, che cominciava dall'angolo dell'occhio del suo profilo destro e arrivava fino all'angolo della bocca, era terrificante e sembrava così, fresca.

Il cuore cominciò a martellarle in petto come un pazzo.

«Sissi, vieni qui, da brava. Non disturbare il signore.»

Signore, mai parola le sembrò più adatta.

Signore degli inferi, del girone dell'inferno.

Signore dei peccati…

Avvampò a questi pensieri.

Ovviamente Sissi non le diede ascolto, ma quello fu il male peggiore. Con una tranquillità disarmante, si avvicinò ancora di più al tenebroso che adesso non guardava più Cloe, ma seguiva i piccoli ma misurati passi di Sissi, la quale, con una tranquillità disarmante, sollevò una zampa come fanno i cani maschi per fare pipì sugli stivali del motociclista.

Il sangue di Cloe le si gelò nelle vene. Non poteva credere sul serio a quello che stava accadendo.

Non riusciva a spiccicare parola.

Il ragazzo, sbalordito - per lo meno ora il suo viso cupo aveva un'espressione - sollevò e girò la testa al contempo di scatto, fulminando Cloe.

«Ma che cazzo…»

No, non era successo veramente.

Cloe cominciò a scuotere il capo come se da un momento all'altro potesse cacciar via l'assurda situazione.

Si guardò i piedi: portava le sue vecchie scarpette rosse che tante ne avevano viste, ma questa superò di gran lunga ogni loro esperienza. Si fecero ancor più rosse anch'esse, proprio come le sue guance, dall'imbarazzo provato.

A Cloe parve proprio così.

Forse se avesse scontrato i talloni e avesse pronunciato le parole magiche sarebbe tornata a casa in un batter d'occhio, proprio come Dorothy ne Il mago di Oz, talmente tanta era la vergogna che per un attimo pensò di farlo sul serio!

Tornò di nuovo a osservare il viso del ragazzo.

«Allora? Non hai niente da dire?» infierì lui.

«Mi… mi… dispiace. Non so cosa le abbia preso.»

Non poté di certo dirgli che non si era mai comportata così, perché non ne aveva idea.

Lily le avrebbe detto di questo suo vizio, se mai tale fosse stato.

Il ragazzo si sollevò dalla panchina e per poco Cloe non svenne. Era alto e molto snello. La guardava e lei non riusciva a sostenere lo sguardo.

Sissi ora le venne vicino, e con le zampe cercò di attirare la sua attenzione raschiandole le gambe con le unghiette. Mortificata, le mise finalmente il guinzaglio pensando che mai e poi mai glielo avrebbe più tolto.

«Mi dispiace» disse ancora. Trattenne a stento una lacrima. Non le piaceva sentirsi così debole.

Cercò allora di ricomporsi e sfidare lo sguardo di rimprovero del motociclista.

Forse era stata piuttosto convincente, perché lui ebbe un sussulto di fronte a tanta improvvisa determinazione.

Il ragazzo si passò il pollice e l'indice sulle tempie massaggiandole, e le disse: «D'accordo, scusami. Forse sono stato un tantino brutale, ma iniziare la giornata con un cane che te la fa addosso non è proprio il massimo, ti pare? Forse è il caso che insegni loro un po' di educazione.»

«Non sono i miei. Sono la loro dog sitter» rispose Cloe senza pensarci più del dovuto, «e se per caso i tuoi stivali dovessero rimanere macchiati te li risarcirò.»

«Non importa, non voglio i tuoi soldi per degli stupidi stivali, ma lascia che ti dia un consiglio: forse non sei un granché come dog sitter. Meglio se fai altro» asserì in tono piuttosto strafottente.

Ora non vedeva più nulla di quella figura cupa che aveva inchiodato gli occhi ai suoi. E cercò di non fissare quella brutta cicatrice. Certo, però, che era antipatico all'ennesima potenza!

«Grazie del consiglio, ma mi limiterò a stare più attenta. Dagli errori si impara o forse tu sei così perfetto che non sbagli mai?» Non sapeva da dove le usciva tutta quella audacia, ma non avrebbe permesso che quell'essere luciferino arrivato in moto dagli inferi la prendesse in giro.

«Io sono quel qualcuno più lontano dalla perfezione che possa esistere, ma vedere la tua faccia mentre questo minuscolo topo mi faceva pipì addosso non è stato poi così male, Raperonzolo.» Cloe era scioccata. Raperonzolo? Nessuno l'aveva mai chiamata così!

Il tipo le diede un tenero buffetto sulla guancia. Poi si allontanò da lei senza neppure salutarla, prese il casco appoggiato sulla panchina e se ne andò come se niente fosse.

Sentiva le gambe cederle per tutte quelle strane emozioni che avevano tirato fuori quel suo caratterino nascosto.

Si sedette sulla panchina e cercò di calmare i battiti del cuore con respiri profondi. Poi, a un certo punto, Barnaba le posò il muso sulle gambe. Aveva in bocca un piccolo peluche che sembrava nuovo da quanto era lindo.

Fosse stato sporco avrebbe pensato che si trovasse lì in terra chissà da quanto tempo. Ma era pulito, immacolato.

Che non lo avesse perso il motociclista? Forse era un regalo per la sua ragazza e glielo stava portando.

Cercò di raggiungerlo, ma il rombo del motore le fece capire che dalla parte opposta della strada lui era già andato via.

Ispezionò l'orsetto; aveva un grande cuore tra le zampe e mentre lo tastava si rese conto che al suo interno c'era qualcosa. Lo ispezionò e vide che si apriva.

Estrasse dal suo interno un piccolo ciondolo a forma di cuore. Vi erano incise delle iniziali: L. G. Pour Toujours (Per sempre).

Cloe sentì una fitta al cuore. Non sapeva il nome di quel ragazzo, non sapeva nulla. Come avrebbe fatto a ridarglielo? Mise l'orsetto e il ciondolo al sicuro nella sua borsa e, con i suoi amici a quattro zampe al seguito, si allontanò da lì sconsolata.

Capitolo quattro
Quella cicatrice sul suo viso

Oliver non dormiva bene la notte da sempre, ma negli ultimi mesi era ancor peggio. Continuava a sognare quelle mura fredde e gelide. Le macchie di umidità sul soffitto e sulle pareti... Ne sentiva ancora l'odore.

La prigione cambiava le persone.

La prigione aveva cambiato Oliver.

Non che prima fosse un cittadino modello, ma cadere così in basso ti faceva capire che non si era altro che ospiti indesiderati in questo mondo. Un mondo che lui considerava terra di nessuno.

Adesso era nel suo minuscolo appartamento nella periferia di Parigi. I lavori sociali che svolgeva lo tenevano impegnato, fino a che non tornava in quello che era diventato il suo guscio, ma che era anche un'arma a doppio taglio, perché lì cominciava a pensare.

Quando i pensieri si spostavano in direzioni buie, toccava quella cicatrice sul suo viso e ricordava il motivo per cui gli era stata inflitta quella ferita, ferita che mai lo avrebbe lasciato. Sarebbe stata una parte di lui per sempre.

Poteva sembrare strano, ma era l'unica cosa che lo faceva sentire bene.

Toccare quella cicatrice…

E il suo scopo, aiutare quell'anziano con cui aveva condiviso la cella. Quell'uomo che ogni notte, pensando di non essere visto da Oliver che credeva addormentato, intagliava un pezzo di legno che teneva sempre ben nascosto durante il giorno. Quella paura che gli leggeva in viso, quando le guardie carcerarie andavano a ispezionare le celle dei detenuti, non potrà mai dimenticarla.

Avrebbe tanto voluto abbracciarlo forte e dirgli che non doveva temere nulla, che non avrebbe mai permesso che gli portassero via questo piccolo oggetto a cui tanto teneva. Ma non lo aveva mai fatto, non voleva dare false speranze a quell'uomo che poteva essere suo nonno da quanto era anziano.

Cosa aveva fatto? Perché era lì? E da quanto tempo?

Per il primo mese di cella non si erano mai parlati: il vecchio era cupo e piuttosto scorbutico, ma di quelli buoni. Lo aveva capito subito. Non voleva guai.

Vedeva in lui quella sua unica speranza solo quando di notte teneva tra le mani quel piccolo oggetto di legno, che con pazienza e devozione intagliava con un calcinaccio caduto dalla parete frastagliata della cella.

Aveva nascosto anche quello.

Era troppo per lui il tormento. Non sempre riusciva a nasconderlo, e allora tremava come un cucciolo impaurito.

Oliver era lì e non poteva fare niente. Non era riuscito a proteggere se stesso, non poteva curarsi di certo dei problemi altrui. Era finito lì per uno stupido errore.

Quella ragazza, era poco più che una bambina…

Aveva sentito le grida, non avrebbe fatto finta di niente.

Non si sarebbe voltato dall'altra parte. Aveva

semplicemente corso nella direzione da cui le grida provenivano e quando aveva visto quell'uomo, quell'energumeno sudicio che cercava di far del male a quella povera ragazzina indifesa, non ci pensò ulteriormente. Gli si scaraventò contro e cominciò una dura colluttazione, in cui Oliver ebbe la meglio.

La rabbia in lui... Lo avrebbe ammazzato se la ragazzina non avesse cominciato a urlare impaurita, prima di scappare lontano da quella situazione. Purtroppo i genitori della ragazzina non accorsero in suo aiuto come lui aveva fatto con la loro unica figlia, salvandole la vita.

Forse avevano paura di una qualche ripercussione da parte di alcune conoscenze poco raccomandabili di quell'essere. Quella feccia dell'umanità che se ne andava in giro cercando di stuprare donne.

Era stato lasciato solo, e per di più la beffa! Non c'era testimonianza di aggressione per la ragazzina, e quell'essere immondo lo aveva denunciato per percosse e lesioni. Oliver venne considerato colpevole e finì in carcere. Nessuno si sarebbe preoccupato di uno sbandato che arrivava da un orfanotrofio e viveva alla giornata una volta diventato adulto.

Venticinque anni di nulla... Oliver.

E l'unica possibilità di uscire da quella prigione era la testimonianza di quella ragazzina. Solo sei mesi dopo, quella stessa ragazzina compì la maggiore età e, non potendo più i suoi genitori decidere per lei, parlò, spiegando che Oliver era il suo eroe.

Le aveva salvato la vita!

Lo aveva incontrato e abbracciato. Oliver rimase fermo, si fece abbracciare, ma non ricambiò.

Si limitò a un sorriso, che per lui valeva più di mille inutili parole di circostanza.

Ci fu un'altra sentenza e venne scagionato. Ma quei mesi di schifo e terrore, nessuno glieli avrebbe più ridati. La ragazzina denunciò chi meritava la giusta punizione.

A Oliver questo bastò e, come sempre faceva da quando era in vita, continuò a vivere le sue giornate.

Sei mesi della sua vita in quella cella, gli erano sembrati anni. Ora era libero, ma nonostante tutto il suo cuore era ancora imprigionato in una bolla senza ossigeno. Questi erano i pensieri che più lo tormentavano ogni volta che ritornava nel suo piccolo guscio. Solo un piccolo barlume di speranza. Un appiglio.

Quel ciondolo.

Lo avrebbe consegnato alla donna per cui il suo anziano compagno di cella lo aveva intagliato. I suoi ultimi giorni di vita erano stati i più significativi. Avevano parlato. Oliver aveva saputo qualcosa.

Sollevatosi dal letto, raggiunse la tuta da moto posata sulla sedia. Dalla tasca destra laterale voleva estrarre il piccolo orsetto in cui aveva inserito il ciondolo. Ma, quando si accorse che non c'era, il panico si impossessò di lui. Non poteva averlo perso. Come aveva potuto essere tanto stupido? Si portò le mani sul viso prima di mettere sottosopra il suo piccolo appartamento. Ma nulla.

Lo aveva perso.

Forse era scivolato mentre sfrecciava con la sua motocicletta, unico bene materiale rimastogli.

Portava il ciondolo sempre con sé. Non lo lasciava mai, proprio per la paura di perderlo. Era stato uno stupido!

Un idiota! Ecco come si sentiva. Ma in fondo non c'era di che stupirsi.

«Porto solo merda! Tutto quello che tocco si trasforma in sudiciume!» Si avvicinò alla finestra e guardò in direzione del cielo. Poi continuò: «Perdonami George. Sono riuscito a deluderti.»

Capitolo cinque
Una bella complicità

Cloe cominciava a sistemare le sue cose nel piccolo appartamento che avrebbe condiviso con le sue compagne di università. Le conosceva da pochi giorni, ma doveva ammettere che si sentiva a proprio agio con loro. Erano buffe, non facevano altro che discutere. Provate solo a immaginare una reginetta di bellezza e una nerd con occhiali spessi come un vetro di bottiglia insieme…

Il comico disastro sarà assicurato!

Lei invece era una terra di mezzo.

Una ragazza semplice che passava inosservata. Era neutrale e proprio per questo capì che non avrebbe avuto problemi con loro.

«Emilie, potresti per cortesia spostare dalla mia vista questa a dir poco inquietante scultura?» domandò

Vivienne rivolgendosi alla compagna che la guardò di sottecchi.

«Inquietante scultura? Si tratta del modellino di un paesaggio lunare! Ci conosciamo e condividiamo questo appartamento da un anno e ancora non hai capito quanto ami creare queste piccole riproduzioni? Le soluzioni al dilemma possono essere soltanto due: o lo fai apposta per provocarmi, oppure la tinta slavata che ti sei fatta ti ha ossigenato anche il cervello!» rispose fiera Emilie, mentre si sistemava con orgoglio gli occhiali che le scivolavano spesso lungo il naso, dandole l'aspetto di una professoressa d'altri tempi.

Cloe sorrideva sotto i baffi mentre continuava a sistemare le sue cose.

Vivienne si corrucciò. L'ultima parola sarebbe stata la sua. Ne era sicura. Questo tipo di ragazze non ti lasciavano scampo. Erano troppo sicure di loro stesse.

«Quel che vedo io sono solo quattro palle colorate attaccate a fili sottili e poi sembra uno di quei lavoretti fatti dai bambini delle scuole elementari! Sei all'università, Emilie, dovresti anche pensare a renderti un po' più presentabile. Scommetto che sotto quegli spessi occhiali si nasconde un viso carino.»

«Il "carino" come lo indichi tu, chissà perché risulta qualcosa di così insignificante. Grazie, ma sto benissimo come sto.» Cloe doveva ammettere che anche Emilie aveva il suo bel caratterino.

«Guarda Cloe, ad esempio. Non si può dire che non sia una ragazza molto graziosa. Certo il suo stile dovrebbe essere un po' rivisto ma... Non male, direi!»

Cloe rimase immobile prima di girarsi nella loro direzione. La stavano osservando. Forse avrebbe dovuto fare amicizia? Parlare con loro più del dovuto? Potevano solo nascere guai, perché prima o poi non sarebbe più stata in territorio neutrale. Sarebbe entrata in uno schieramento. In una zona di guerra.

Sorrise debolmente e decise che forse era il caso di sciogliersi un po'.

In fondo doveva ammettere che erano simpatiche.

Le loro discussioni la facevano ridere, perché capiva perfettamente che quei battibecchi non erano portati da chissà quale cattiveria. Quei battibecchi erano sinonimi di amicizia, un'amicizia profonda che sarebbe cresciuta nel tempo, e un giorno avrebbe ricordato con malinconia quei buffi momenti.

«Vi racconto cosa mi è successo due giorni fa» esordì Cloe stupendo se stessa. Forse se avesse cominciato lei con una confidenza, le altre due ragazze le sarebbero andate dietro e, oltre ai battibecchi, avrebbero potuto confidare le loro incertezze. Le loro paure.

Tutti le hanno, si diceva sempre Cloe tra sé e sé. Specialmente chi si nascondeva dietro un'aria di sfida proprio come faceva Emilie, o dietro un'aria di superiorità, proprio come faceva Vivienne.

Le due ragazze si avvicinarono a Cloe, che nel frattempo si era seduta sul bordo del letto con in mano l'orsetto sicuramente perso dall'affascinante e misterioso motociclista. Si accomodarono sul tappeto di fronte a lei a gambe incrociate.

«Siamo tutte *orecchi*» sibilò Vivienne curiosa.

E fu così che Cloe cominciò dal principio. L'annuncio al quale rispose. L'incontro con la signora Lily e i suoi quattro cani, la passeggiata lungo la Senna e l'imbarazzante incontro con quel ragazzo. Fece vedere loro il ciondolo all'interno del piccolo orso di peluche, e le ragazze eccitate non poterono fare a meno di chiedersi cosa volessero dire le iniziali.

Sì, era solo l'inizio di una bella complicità. Di una bella amicizia. L'unica cosa che Cloe ancora non sapeva era che Oliver avrebbe contribuito al suo cambiamento.

Capitolo sei
Un sogno ricorrente

Oliver non si dava pace. Spesso gli appariva George in sogno. Sembrava arrabbiato, deluso... E come dargli torto? Questo era ormai il sogno ricorrente da quando aveva perso il ciondolo. Più volte aveva ripercorso con la moto gli stessi tragitti pregando di ritrovarlo lungo la strada. Era tornato spesso lungo la Senna.

Proprio dove si era seduto per pensare, su quella panchina che dava sulla torre Eiffel. E proprio dove quel buffo incontro con quella ragazza dalle labbra carnose ma delicate era avvenuto. Quel giorno, dopo essersi allontanato da lì, sorrideva qualche volta, immaginandosi quella abbondante biondina con le guance rosse di vergogna. Non sapeva il perché, ma ci pensava spesso.

George, prima di morire, gli aveva chiesto di trovare una donna. Una donna che da giovane aveva tanto amato, ma quel poco che riuscì a raccontargli su di lei non era bastato. Non aveva abbastanza indizi per trovarla. Non sapeva il perché della loro separazione, e poi erano passati tanti anni! Quella donna forse non esisteva più, o forse era sposata con figli, ed era nonna a sua volta. Magari non si ricordava neppure di George. Eppure, il desiderio che vide nei suoi occhi, prima di spegnersi in quella lugubre cella tra le sue braccia, non lo fece esitare più di un secondo. Non aveva più il ciondolo, ma questo non lo avrebbe fermato. Era intenzionato a trovarla e a dirle tutto. Anche se era troppo poco quel che sapeva, lo avrebbe fatto!

Cominciò con il fare qualche ricerca in biblioteca su Google, ma di Lillianne a Parigi ne vivevano tante. Non sapeva il cognome. Come avrebbe fatto a trovarla? Era impossibile, lo sapeva bene. Ma non si sarebbe mai fermato. Lo doveva a quell'uomo. Lo doveva a se stesso. Voleva sentirsi una persona migliore. Era stato in carcere ingiustamente, ma si sentiva sporco comunque. Quello che aveva dovuto passare in quei maledetti mesi lo aveva reso ancor più sporco per sempre. Si guardava allo specchio ogni volta che provava quelle sensazioni e non sentiva nulla nel vedere la sua immagine riflessa. Tutto in lui gli sembrava sbagliato e allora, l'unico modo per sentirsi di nuovo in pace con se stesso anche se solo per brevi momenti, era spogliarsi e entrare sotto la doccia. Apriva l'acqua, appoggiava le mani contro le piastrelle umide e stava immobile sotto il getto, finché non diventava sempre più caldo. Solo quando cominciava a bruciare e un urlo disperato usciva a pieni polmoni, si scostava. Solo in quei momenti cacciava via tutti i demoni che si erano impossessati di lui. Allora, lavava via con il sapone tutto quello sporco che sentiva ancora sulla pelle.

Capitolo sette
Inquietante ma piacevole

Cloe non si arrendeva. Era passata una settimana, ma ogni giorno tornava lungo la Senna, proprio dove era situata quella panchina, nella speranza che il motociclista misterioso tornasse per cercare il ciondolo che aveva perso. Era sicura che fosse il suo. Non era sporco il peluche che fungeva da involucro, ciò stava a significare che non era andato perso da molto. Sperò con tutto il cuore di poterglielo ridare, sentiva che era una cosa importante per lui e dio solo sapeva quanto si sarebbe sentito in colpa. Doveva essere un pensiero per la sua fidanzata, invece lui lo aveva perso. "E si sa come sono le donne!", pensò Cloe. Si sarebbe arrabbiata, non considerandosi tanto importante per lui se aveva perso quel dono appena prima di portarglielo. Certo provò una strana sensazione di gelosia, sapeva che era assurdo, non conosceva neanche il suo nome, ma la provò ugualmente.

«Scusami se mi permetto Cloe, ti vedo strana in questi giorni. Ti senti bene?» le domandò Lily appena prima di uscire di casa per aprire la sua calzoleria.

Negli ultimi giorni il loro rapporto si stava intensificando. Avevano cominciato a raccontare qualcosa in più di se stesse.

«Nulla Lily, non preoccuparti. Il fatto è che proprio il primo giorno che ho portato fuori i cani, ho fatto uno strano incontro. A dire il vero Sissi ha fatto pipì sugli stivali di un ragazzo seduto su una panchina lungo la Senna. E poi quando se ne è andato Barnaba ha trovato un piccolo peluche sotto la panchina che al suo interno conteneva un ciondolo. Deve essergli caduto.» Tirò fuori l'orsetto dalla borsa ed estrasse il ciondolo dal suo interno. Lily lo osservò intenerita.

«Scusa se non te l'ho detto prima, non volevo crearti altri pensieri. Sei già molto indaffarata.» Ci fu un lungo silenzio che venne poi interrotto dalla risata contagiosa di Lily. Continuò a ridere, finché non dovette asciugarsi gli occhi con un fazzoletto. Quando si ricompose disse: «Caspita, Sissi non ha mai avuto un comportamento simile. Di solito è scontrosa con tutti. Evidentemente doveva stargli simpatico, non ho altra spiegazione per questo suo gesto. Per quanto riguarda il ciondolo, spero che riuscirai a farglielo riavere.» E ricominciò a ridere.

«Be', non sembrava un tipo molto simpatico. Era piuttosto inquietante…» Sentì le sue guance andare a fuoco. "Brutte farabutte che non siete altro! Mi state facendo risultare ridicola!", pensò Cloe. Ovviamente, Lily se ne accorse e si fece subito sospettosa.

«A giudicare dalla tua dolce espressione, doveva essere inquietante in modo dannatamente piacevole…»

«Oh, be', diciamo che è un ragazzo carino, tutto qui.»

Lily sospirò. «Anche io ho avuto questa bella espressione sul viso un tempo…» A Cloe si strinse un po' il cuore. Forse ripensava al suo defunto marito.

«Da quando non c'è più tuo marito, Lily?»

«Mi ha lasciata due anni fa. Ha avuto un infarto improvviso, non me lo aspettavo di certo. Per il primo anno mi sono sentita così sola, ma alla fine ho reagito e così sono andata al canile e ho adottato i miei amatissimi compagni di vita. Non ho potuto avere figli, ma loro è un po' come se lo fossero. Ovviamente non ho pensato al negozio e al disagio di poter stare dietro a quattro cani. Il fatto è che quando li ho visti, in quella casettina tutti insieme, non ho potuto separarli. In fondo se decidi di adottare un bambino e questo bimbo ha dei fratelli, cosa fai, lasci gli altri? No! Li prendi tutti con te. Non mi sono più sentita sola da quando fanno parte della mia vita.»

Cloe sorrise. La capiva perfettamente. In fondo anche lei si era sempre sentita un po' sola. Solo adesso che viveva lontana da casa cominciava ad aprirsi un po' di più. Un lavoro, le sue compagne di corso e coinquiline... Sì, decisamente stava crescendo sotto questo aspetto. Far parte di una famiglia di un certo ceto sociale poteva portare a sentirsi un po' fuori luogo. Nonostante i suoi genitori avessero molti amici con figli della sua età, alcuni avevano frequentato anche le scuole private con lei, non si era mai sentita a suo agio. Li considerava un po' snob. Diciamo che non si sentiva proprio parte integrante di quel mondo costruito per essere perfetto.

«Ma, non ti voglio intristire con questi discorsi. Ora va pure a fare due passi con loro e mi raccomando: se Sissi dovesse avere di nuovo di questi comportamenti non esitare a dirmelo e a rimproverarla, anche se non credo che accadrà con altre persone. Stai solo attenta se rincontrerai quel ragazzo e mi raccomando: porta sempre il ciondolo con te, così potrai ridarglielo.» Le strizzò l'occhio prima di chiudersi la porta di casa alle spalle.

Capitolo otto
Imparare a dire grazie

I veri momenti di libertà per Oliver, quelli in cui si sentiva davvero se stesso, erano quelli che passava in sella alla sua moto. Non era di certo l'ultimissimo modello, ma gli era affezionato. Aveva fatto tanti sacrifici per comprarsela. Aveva lavorato molto fin da ragazzino. Non aveva frequentato le scuole "normali" come tutti i suoi coetanei. Era cresciuto in un orfanotrofio. Era entrato a far parte di quella realtà pochi giorni dopo essere stato messo al mondo. Non sapeva neppure chi fossero i suoi veri genitori. Avevano deciso di rimanere anonimi. Quella era la frase che gli era sempre stata ripetuta dalla direttrice dell'orfanotrofio con quel ghigno malefico che mai abbandonava il suo viso. In fondo lei avrebbe dovuto essere un po' la mamma di tutti quei bambini, confortarli perché non desiderati, invece era solo lavoro per lei. Solo soldi che entravano nelle sue tasche. Un guadagno. Ora la donna non faceva più parte della sua vita. Raggiunta la maggiore età andò via, solo e spaesato. Il lavoro che gli avevano trovato gli aveva permesso di avere un po' di tempo per finire gli studi e prendere così un dannatissimo diploma che, sempre a detta dell'istituto, lo avrebbe reso un cittadino degno di essere chiamato tale.

Un cittadino… Cercava in tutti i modi di sentirsi così, ma proprio non ci riusciva.

Più il tempo passava, più conoscenze superflue e spesso pericolose entravano a far parte del suo mondo, più tutto gli sembrava sprecato. Si sentiva sporco a entrare nel letto di ragazze sconosciute, ma non riusciva a farne a meno! Si sentiva sporco a frequentare quei suoi conoscenti teppisti che ne combinavano di tutti i colori! Si sentiva sporco, perché non era in grado di ricambiare un saluto, un sorriso o anche un semplice gesto di cortesia. Eppure, continuava così, perché era l'unica vita che conosceva.

Negli ultimi giorni, da quando si era accorto di aver perso

il ciondolo, non riusciva a darsi pace. Per la prima volta aveva davvero uno scopo e si aggrappava a quella possibilità con tutte le sue forze. L'idea di fare del bene a un'altra persona lo faceva sentire per la prima volta potente.

Aveva perso nuovamente il conto di tutte le volte che aveva fatto lo stesso tragitto, sia in moto che a piedi, per ritrovare quell'orsetto. Era tornato nuovamente lungo la Senna. Proprio dove era situata quella panchina sulla quale si era seduto e aveva fatto quel piacevole incontro che però, al pensiero, spesso gli faceva storcere il naso. Essere preso in giro da un minuscolo cagnolino non era di certo il massimo per la sua virilità.

Decise che oggi sarebbe tornato lì un'ultima volta. Non sapeva il perché, non aveva senso, visto che lì il ciondolo non c'era. Forse qualcuno lo aveva preso. Eppure, non poteva evitare di tornarci, come se quella fosse questione di vita o di morte. Si sedette e aspettò. Non sapeva cosa, ma aspettò. Pensava tra sé e sé a George. Guardava verso il cielo perché sapeva che quell'uomo, nonostante avesse vissuto quasi la metà della sua vita in carcere, non poteva essere sceso all'inferno. Non ci credeva. Lui era tra gli angeli, doveva essere così. Anche quel pensiero gli diede conforto. Solo lui era un diavolo. George era un angelo.

Il piacevole rumore dello scorrere della Senna a poco a poco cominciò a essere accompagnato da dei passi. Abbassò velocemente il capo e guardò in quella direzione. Questa volta si alzò subito in piedi e, incerto, avanzò di qualche passo per andare incontro a quella ragazza dai capelli lunghissimi e biondi. Una bellezza dolce ma camuffata da strati di vestiti che lui avrebbe tanto voluto sfilare via da quel corpo morbido e armonioso.

Cercò di cacciar via quei pensieri molesti, aveva come la sensazione che lei potesse accorgersi di quello che gli passava per la testa, visto il modo preoccupato in cui si era bloccata all'istante, osservandolo terrorizzata. O forse era solo la sua cicatrice a intimorirlo... Gli scappò un lieve sorriso al pensiero. Ma certo, era questo il motivo dei suoi occhi cupi inchiodati ai suoi. Solo le ragazze che era dedito portarsi a letto ne erano affascinate per quell'aria da bello e dannato che gli dava. Non di certo una ragazzina timida e impacciata. Un po' gli dispiacque, anche se non poteva ammetterlo a se stesso.

La ragazza aveva al guinzaglio dei cani, gli stessi che erano con lei l'ultima volta che l'aveva vista. Ora ricordava che le aveva detto di essere una dog sitter. Non poté mancare un suo sguardo fintamente minaccioso nei confronti di quel cagnetto minuscolo che gli aveva lasciato un bel ricordino sugli stivali.

E intanto lei si avvicinò a Oliver pian piano.

«Ciao, sono felice di rivederti, non ci speravo…»

Oliver ebbe un lieve sussulto a quelle parole. Lei non ci sperava…

Cominciò ad armeggiare goffamente nella sua borsa ed estrasse qualcosa.

«Credo sia tuo. L'ho trovato qui.»

Si avvicinò sempre più, nonostante l'incertezza. Lui era immobile, la guardava, o meglio, la fissava. In vita sua non aveva mai provato una sensazione così pura.

Si sentiva spaesato.

Ora era di fronte a lui e gli porgeva quell'oggetto tanto prezioso.

Oliver lo prese, ma non distolse mai gli occhi dai suoi come se fosse sotto l'effetto di un qualche incantesimo. Cercò di ricomporsi, doveva ringraziarla. Non aveva altra scelta. Per la prima volta, da che era in vita, avrebbe dovuto dire grazie.

«Mi hai salvato la vita, grazie…» Lei sembrò stupita. Addirittura salvare la vita per un ciondolo? Per un bene materiale? Be', quel bene materiale in realtà era tutto per lui, ma Cloe non sapeva fino a che punto.

«Di nulla. Non posso crederci, sai?»

«A cosa non puoi credere, Raperonzolo?» Le sembrava appropriato quel vezzeggiativo, visti i suoi lunghi capelli. Lei sussultò ma non ne sembrò infastidita.

«Quante probabilità c'erano di incontrarsi ancora?» Oliver non rispose. Non lo sapeva, in effetti.

«Come ti chiami?» si limitò a chiederle.

«Cloe Lorin, e loro sono Barnaba, Lola, Rudolf e... be', Sissi.»

«Sì, mi ricordavo di Sissi», affermò Oliver con un mezzo sorriso. Sissi se ne stava ben nascosta dietro i suoi compagni. Forse anche lei ricordava.

«E tu, come ti chiami?»

«Oliver»

«Oliver e?»

«Soltanto Oliver.» Poteva sembrare strano ma non diceva il suo cognome a nessuno e non perché fosse buffo, anzi no: ridicolo! Ma perché sapere che gli era stato dato quando era ancora in fasce dall'ufficiale dello stato civile, gli dava il voltastomaco. Un brutto ricordo da usare solo per firmare documenti o contratti di lavoro. Niente di più.

«Oh, ok...», sussurrò Cloe. Sapeva che non avrebbe insistito. Sapeva che già quella conversazione con lui era di più quanto trasgressivo avesse mai fatto in vita sua.

«Ora devo andare. Tra un'ora comincio i corsi...» Ci mancava che cominciasse a girarsi i pollici e sarebbe stata... ridicola? No! Perfetta invece, pensò Oliver.

«Cosa studi?» Sapeva che stava oltrepassando il confine, ma voleva sapere qualcosa in più su di lei.

«Ho cominciato il primo anno alla Sorbona con indirizzo psicologia.» Oliver sorrise. Quante persone nel suo percorso di vita aveva incontrato, laureate in quel campo. E quante gli sembrarono incompetenti, proprio come la direttrice dell'orfanotrofio. Ma forse questa creatura fiabesca avrebbe fatto la differenza, un giorno.

«Grazie ancora, significa molto per me questo orsetto e... il suo ciondolo all'interno. A presto Raperonzolo.» Si era esposto molto Oliver. Aveva concesso una parte di sé. Una sua profonda emozione e ora non poteva far altro che allontanarsi il più velocemente possibile.

«Sono felice di averlo trovato. O meglio, Barnaba lo ha trovato. Ciao Oliver.»

Oliver d'istinto sollevò una mano. Voleva accarezzarle il viso, ma si fermò in tempo. Si limitò a far scorrere la mano sul capo dei tre molossi e della piccoletta che non ebbe niente da ridire. Forse sarebbero potuti diventare amici. In fondo voleva bene agli animali, il loro affetto era sempre incondizionato. In fondo poteva anche cominciare a voler bene alle persone, se solo fossero state tutte come Cloe.

Capitolo nove
È solo un cognome

«Terra chiama Cloe. Terra chiama Cloe. Mi sentite Huston? Qui abbiamo un problema. La nostra Cloe è spesso assorta nei suoi pensieri!» Emilie ridestò simpaticamente Cloe dai suoi pensieri. Con loro anche Vivienne. Erano sedute attorno al tavolo del refettorio dell'università e pranzavano aspettando la prossima lezione che si sarebbe tenuta nel pomeriggio. Ormai potevano considerarsi amiche. Certo, erano un trio alquanto improbabile, ma non potevano fare a meno della reciproca compagnia. Cloe per la prima volta si sentiva davvero a suo agio.

«Scusate ragazze, sono solo un po' sottosopra per via del cambiamento. Studio, lavoro… Mi sembra di non essere in grado di gestire tutto.»

«A dire il vero mi sembra che ci riesci benissimo!», affermò Vivienne e poi continuò, «Oggi abbiamo un po' di tempo. Cosa ne dici se io ed Emilie ti accompagniamo dalla signora Lily? Potremmo farti un po' di compagnia e magari potremmo anche studiare un po'.» Emilie la guardò da sotto gli spessi occhiali stupita.

«Hai detto sudiamo? Ho capito bene? Parli dei libri o dell'anatomia maschile di quel mister muscolo pompato di steroidi con cui esci?» Vivienne la guardò di sottecchi.

«Per tua informazione il mio Ruben non si bombarda di steroidi. Lui è proprio così visto che gioca a rugby e poi… oggi non c'è, e il nostro studio preferito nudi su un letto per oggi e domani salterà visto che ha gli allenamenti.» I loro battibecchi non stancavano mai Cloe, li trovava sempre divertenti, anche se l'immagine di Vivienne a letto con il suo ragazzo la mise in evidente imbarazzo. Non si era ancora spinta così in là con qualcuno. Aspettava il ragazzo giusto, se mai fosse arrivato.

Più tardi erano a casa di Lily. Quel giorno pioveva e non avrebbe portato i cani a passeggio per evitare che si inzuppassero, si era limitata a far fare loro i bisogni per poi tornare subito in casa. Le dispiaceva vedere uscire Lily di casa con questo tempaccio, per fortuna il negozio distava solo dieci minuti. Si era offerta di accompagnarla con la macchina di Emilie, Cloe ancora non ne possedeva una sua, ma avrebbe presto rimediato. La donna aveva rifiutato dicendole che il rumore della pioggia la calmava, la faceva sentire bene e le piaceva ammirare Parigi nei giorni grigi. Ogni tanto la vedeva rabbuiarsi per nascondersi al sicuro nei suoi pensieri. Il marito doveva mancarle molto, in fondo non era passato molto tempo dalla sua morte. Certo, anche se fossero stati anni il dolore non poteva abbandonarla, ma sapeva che poteva cominciare a conviverci. Per lei era stato così con la morte dei suoi nonni. Era poco più che bambina e li perse a distanza di poco tempo l'uno dall'altra, entrambi. Erano i genitori del suo papà, mentre i genitori della mamma vivevano in America e li vedeva di rado. Ma non li aveva mai considerati tali, visto che non si erano mai comportati da veri genitori nei confronti di sua madre Laurelail, e non poteva di certo stupirsi se peccavano di gran lunga anche come nonni.

Le faceva piacere avere la compagnia delle sue amiche. Loro, essendo al secondo anno, avevano un programma di studi diverso, ma non le importava, non si sentiva piccola o trattata come tale da loro. Erano davvero delle ottime amiche e questo la confortava.

Voleva confidarsi con loro. Non aveva ancora raccontato di aver rivisto Oliver, quel ragazzo misterioso. Non se la sentiva perché ogni volta che pensava a lui il cuore cominciava a battere ancor più forte. Non voleva ammettere a se stessa di essersi presa una cotta per un ragazzo che non avrebbe di certo più rivisto e che non era di certo il tipo per lei. Quasi non riusciva a guardarlo negli occhi per l'imbarazzo, anche se era stupita di essere riuscita per lo meno a non passare come una stupida ragazzina. E poi quella cicatrice non prometteva nulla di buono. Come diavolo se l'era fatta? Era un delinquente? Un poco di buono? No, non poteva crederlo. Anche se il suo aspetto dava un po' a pensarlo, Cloe sentiva che non poteva essere così. Eppure…non gli aveva detto il suo cognome. "Certo, non è che se ci si presenta al primo incontrato si è obbligati a dire il proprio cognome.", pensò Cloe. Questa era una cosa che aveva imparato dai suoi genitori e dalle loro impeccabili buone maniere. Ma non era un obbligo, insomma. Eppure, ci era rimasta molto male quando ingenuamente glielo aveva chiesto e lui non fece altro che rispondere in maniera un po' brusca e infastidita.

Capitolo dieci
Come un super eroe

Oliver aveva cercato di sistemare il piccolo appartamento
che aveva affittato. Chiamarlo lurida topaia era appena un
complimento, ripensando alla prima volta che lo vide. Ma
non poteva permettersi di meglio. Era uscito di prigione,
ma doveva scontare ancora qualche ora di servizi sociali.
Puliva le strade. A volte pensava a quel lurido verme a cui
aveva dato una bella punizione. Sicuramente se la passava
meglio di lui. I pezzi di merda come quello potevano
anche andarsene in giro a fare del male e a importunare le
donne se avevano i soldi. Eh sì... lo stronzo a quanto
pareva andava in giro come un pezzente, ma aveva
abbastanza soldi per procurarsi un buon avvocato. Mentre
lui in gattabuia c'era finito in un soffio...Sperava per lo
meno che la denuncia della vittima sarebbe servita a
qualcosa. Non indagava, ma ci sperava con tutto il cuore.

A Oliver piaceva leggere libri. Storie di uomini coraggiosi come Gandhi, Malcolm x. Da ragazzino sognava di diventare un eroe, ma non come Spiderman o Superman, un eroe vero! Come questi grandi uomini che sono esistiti davvero. Certo, aveva aiutato una ragazzina indifesa, ma si sentiva più lontano dall'essere un super eroe di quanto potesse immaginare.

Oggi era una giornata grigia e piovosa. Non poteva uscire con la moto e l'unico sfogo era la sua sacca da boxe. Tirare qualche pugno lo faceva sfogare, e riportare alla mente certi ricordi. I ricordi di quei mesi in carcere, facevano sì che i suoi pugni, i suoi affondi, fossero ancora più convincenti. Nulla riusciva a fermarlo, almeno fino a questo momento. Quei capelli biondi e il sorriso sbarazzino, quel mondo che era così lontano dal suo perché semplice e puro, lo fece bloccare di colpo. Lo fece sorridere. Ora era fermo, Oliver. Teneva il sacco tra i guantoni da boxe e il viso premuto contro di esso, mentre quel sorriso non lo abbandonava tanto facilmente. Forse l'avrebbe rivista ancora una volta e non di più. La conoscenza avrebbe portato con il tempo a una certa confidenza e cosa avrebbe potuto dire a una ragazza per bene che frequentava una prestigiosa università? Che era un trovatello vissuto in orfanotrofio? Talmente irascibile che ogni famiglia che aveva provato a tenerlo in affido poi lo riportava da dove lo aveva preso. Lo stesso, con lavori saltuari per campare e un passato in prigione? No di certo! Sarebbe scappata a gambe levate e Oliver non voleva. Ne avrebbe sofferto. "Meglio rinunciare a qualcuno che si conosce appena, piuttosto che a qualcuno che si è insinuato irrimediabilmente nel tuo cuore", pensò.

Una volta soltanto, un saluto per ringraziarla ancora di avergli ridato una speranza. E poi, forse, non avrebbe mai trovato questa Lillianne, ma per lo meno sapeva che finché avesse avuto vita non avrebbe mai smesso di cercarla, o chi per lei nel caso non fosse stata più in vita, e gli sembrava già molto…

Capitolo undici
Un universo parallelo

Pioveva da diversi giorni, segno che l'autunno ormai aveva preso il posto dell'estate. Il professore parlava e tutti gli studenti al primo anno prendevano appunti, concentrati perché non volevano perdere neppure una parola. Cloe ascoltava ma la sua penna difficilmente si posava sul foglio. Aveva molta memoria e questo aspetto l'aveva sempre aiutata nello studio. Non le serviva molto tempo da passare sui libri, era per questo che non si sentiva assolutamente una secchiona e mai nessuno l'aveva presa in giro per questo aspetto. "Come se fosse poi una cosa tanto brutta!", pensò. Aveva ammirato le sue compagne di scuola che spesso sacrificavano le uscite con le loro amiche per studiare e dare il meglio di loro. Non erano da prendere in giro, ma da ammirare! Purtroppo la maggior parte di quei ragazzini non lo capiva e per sentirsi migliori finivano per deridere chi credevano diverso. E diversi da loro lo erano davvero, ma in senso più che positivo. Ora che era all'università tutto era cambiato. Quella fase adolescenziale era passata e poi la maggior parte degli studenti venivano per studiare, ma per studiare sul serio! E non per prendere in giro gli altri compagni tra i banchi di scuola. Qui ognuno pensava a dare il meglio di sé senza guardare o giudicare gli altri. Le piaceva davvero l'università. Si sentiva se stessa.

Finita la lezione decise di andare a mangiare a casa e poi avrebbe raggiunto Lily. Ultimamente apriva per lo più il negozio nel pomeriggio, fatta qualche eccezione nei giorni in cui Cloe non aveva corsi la mattina.

Di fronte all'uscio dell'ingresso si bloccò di colpo. Pioveva davvero molto forte. Ma non aveva tempo di aspettare. Aprì l'ombrello, ma si accorse che si era rotto. Oltretutto le sue amiche non c'erano, erano in classe, perché avevano orari completamente diversi dai suoi oggi e così, sconsolata e affamata, cominciò a correre fino a che non arrivò all'appartamento come un pulcino spennacchiato.

Si fece una doccia calda, mangiò un panino e bevve una bibita velocemente, prese un altro ombrello e uscì di casa per andare a far compagnia ai suoi quattro cucciolini. Eh sì, li considerava anche un po' suoi, adesso. Era quasi un mese che faceva la dog sitter, e ne era davvero felice.

Lily le aveva lasciato un paio di chiavi di casa per qualsiasi evenienza e, sicura che fosse uscita un po' prima che lei arrivasse visto il ritardo provocato dalla pioggia incessante, aprì la porta per entrare. Stranamente i cani non avevano abbaiato. Nonostante l'abitudine non smetteva mai di essere affascinata da questa piccola entrata. Ogni volta che oltrepassava la soglia immaginava di catapultarsi in un universo parallelo. In un mondo colmo di pace e serenità. Questo poi era quello che in realtà le trasmetteva questo piccolo appartamento. Arredato con gusto e tanta cura. Che poco aveva a che fare con il grande e imponente palazzo che lo sovrastava.

Sentì dei singhiozzi non appena varcò la soglia. Cercando di fare meno rumore possibile avanzò e notò la porta della camera da letto accostata. Lily in una mano teneva una scatola che stava mettendo via nell'armadio e, con l'altra mano, si asciugava le lacrime. I suoi fidati amici lì con lei che la consolavano a suon di musate sulle gambe. Ecco perché non avevano sentito Cloe entrare. Erano impegnati a stare al fianco della loro padrona. "Povera donna", pensò. I ricordi di quel marito che tanto deve aver amato non la abbandonavano, anche se in sua presenza non lo dava a vedere. Cloe era sicura di questo. Bussò piano, per non spaventarla. La donna si ricompose subito.

«Scusami Lily, pensavo fossi già uscita. Ti senti bene?» le domandò.

«Ma certo cara. Solo ricordi...Ora vado, ci vediamo prima di cena.»

«Va bene, non preoccuparti. Se dovesse smettere di piovere li porterò a fare una passeggiata.» Ci sperava Cloe, ma il cielo ancora non accennava a migliorare.

Lily le fece una tenera carezza sulla guancia e le disse: «Uno di questi giorni mi devi raccontare di come è stato rivedere quel misterioso ragazzo.» Cloe era stupita.

«Come fai a sapere che l'ho rivisto, Lily? Non ricordo di avertene parlato.»

«Oh, in realtà è il tuo viso a parlare per te. Ti vedo diversa e allora...si può dire che ho tirato a indovinare e a quanto pare non mi sono sbagliata.» Cloe annuì appena. Anche Lily aveva trovato in lei un'amica davvero speciale.

Capitolo dodici
Un finto incantesimo

Quello stesso giorno Oliver era lì, dalla parte opposta a guardare l'ingresso dell'università. Ma pensava davvero di trovarla? Non si rendeva conto di quanti studenti transitavano ogni giorno? In realtà non ci aveva pensato molto. Aveva fatto il giro dell'isolato diverse volte in sella alla sua moto, sotto la pioggia. Non cessava da giorni e lui aveva così voglia di guidarla. E poi anche la pioggia poteva aiutarlo a togliersi di dosso tutto quello che sentiva. Tutto il peso che gravava su di lui. Come se lo facesse scivolare via. Era lì fermo, mentre le gocce incessanti scivolavano via dal casco e dalla tuta. Poi la vide. Buffa, avvolta in un improbabile giubbetto e una gonnellina scozzese ridicola, ma che metteva in risalto delle bellissime gambe tornite e fasciate da un sottile collant. Voleva scendere dalla moto e andare a salutarla, voleva con tutto se stesso, ma non lo fece. Era immobile come una statua di cera, mentre la fissava da sotto il casco con la visiera alzata. Solo quando gli sembrò di aver preso coraggio, si accorse che era troppo tardi. Cloe se ne stava andando via di corsa sotto la pioggia che le inzuppava i vestiti e i capelli a causa del suo ombrello sgangherato. "Un disastro di ragazza", pensò. E sorrise a questo pensiero. Non poteva far altro che dimenticarsi di lei, in fondo l'aveva già ringraziata una volta di aver trovato e restituito il prezioso ciondolo, non aveva senso farlo ancora, giusto? Tiro giù la visiera del casco, mise in moto e partì.

***

La ragazza si stava dando un gran da fare, nulla da dire, ma Oliver sapeva che se non avesse smesso di pensare a lei..., la poverina si sarebbe sentita piuttosto avvilita. In fondo era bella, non le mancava nulla, una bella mora.

Non che avesse un debole per le more, questi dettagli non erano rilevanti per Oliver.

Le trattava come loro volevano essere trattate, niente di più. In fondo si comportavano nei modi più schifosi e subdoli solo per avere le sue attenzioni…

Per la prima volta non sentiva il bisogno di sfogare i suoi appetiti sessuali. Aveva chiamato questa Shelby, che viveva nella palazzina a fianco alla sua, e andò da lei, una seconda volta, solo nella speranza di togliersi dalla testa quella improbabile, timida, ma temeraria ragazza che passava dal tenere lo sguardo basso a inchiodare i suoi occhi fiera e risoluta, con una naturalezza disarmante. Forse se avesse pensato che ad assaporare la sua intimità ci fosse stata lei, la poverina di cui conosceva a malapena il nome, non se ne sarebbe andata via mortificata per non essere riuscita nel suo intento…E allora lo fece, si concentrò sulla ragazza di cui non sapeva nulla. E fu un attimo. Bastò questo. Era Cloe, adesso, quella che veniva presa da lui con forza e che avvinghiava le gambe attorno al suo bacino, mentre Oliver sembrava non averne mai abbastanza, e fu così per tutta la notte. Sapeva bene però che quando questo finto incantesimo fosse finito questa ragazza non sarebbe stata più Cloe, ma una delle tante, e fu così che si sentì triste e ancor più solo di quanto ricordasse.

Capitolo tredici
Un po' irritante, ma buona di cuore

Questo fine settimana Cloe sarebbe andata a trovare i suoi genitori. Ne approfittò visto che il tempo sembrava migliorare sempre più. La pioggia stava lasciando il posto al sole.

Poco dopo aver preparato una borsa con il necessario per cambiarsi, passò da Lily per chiederle se poteva portare i cani con sé.

«Sei sicura Cloe? Per i tuoi genitori non sarà un disturbo?»

«No Lily, li ho già avvertiti, nel caso tu mi avessi detto di sì. E poi abitano in un casolare e hanno tanto verde intorno. Si divertiranno un mondo!»

«E allora va bene, ne approfitterò per sistemare la calzoleria. Solo, voglio che prendi la mia macchina, non puoi pensare di andare in treno o ancor peggio in pullman, con loro.» Cloe aveva preso da circa un anno la patente, ma non aveva ancora una sua macchina. I genitori avevano tanto insistito nel regalargliene una, ma non c'era stato verso di convincerla. Voleva comprarsela da sola quando avrebbe potuto. Era sempre vissuta nella bambagia fin da piccola, ora che era adulta voleva creare una vita tutta sua. Una vita che fosse perfetta solo per lei.

«Sei sicura che non avrai bisogno della macchina per una qualsiasi evenienza?»

«No Cloe, mi fa piacere che la prenda tu. Questo tuo gesto di portarli con te, mi colma il cuore di gioia. Ma voglio essere tranquilla, e saperti fare un viaggio sereno rientra nelle mie priorità, adesso. Con la macchina sarai comoda e loro di solito viaggiano tranquilli. Vedrai, non li sentirai neppure!» E queste erano state le ultime parole famose visto che per tutto il viaggio Sissi non fece altro che intonare un concerto degno di Mozart. Per fortuna il viaggio era stato breve. Solo un'ora di macchina. Quando parcheggiò nel vialetto di casa, i ricordi le riaffiorarono nella mente. Erano sempre vissuti in questo immenso casolare a Limours. Cittadina tranquilla e immersa nel verde dove la cosa più strana e pericolosa che poteva accadere era che qualche cinghiale si aggirasse nella notte indisturbato per sradicare le patate che la madre di Cloe aveva nel suo bell'orto. Tanto per capire, insomma. Un posto tranquillo, proprio come nei migliori telefilm americani.

«Cloe, amore! Ben arrivata!» Laurelail si precipitò ad abbracciare sua figlia. Un gesto spontaneo, ma pur sempre misurato con un certo garbo. Anche suo padre fece lo stesso. «Bentornata tesoro.» Cloe ovviamente ricambiò felice. Anche se sapeva che questa felicità sarebbe durata ben poco, nel momento esatto in cui la sua perfetta mamma avesse cominciato con i suoi soliti consigli di moda.

«E questi devono essere...» si sforzò sua madre di ricordare.

«Mamma, loro sono: Barnaba, Rudolf, Lola e Sissi.»

Barnaba saltò praticamente addosso a Laurelail, stupendo anche Cloe. Le faceva della feste smisurate, sbavandole anche un po' addosso. Lei lo sorreggeva con quella faccia tra lo stupore e il disgusto, rigida come un tronco.

«Bravo che sei...» accennò, sforzandosi anche di accarezzargli il capoccione. Cloe e suo padre si guardarono cercando di non scoppiare a ridere, ma lo sforzo fu vano. Quando Laurelail si ricompose, riuscendo a far stare giù buono Barnaba, si scrollò la gonna ampia cercando di sistemarla un po'. Voleva essere davvero sempre perfetta! Sembrava un po' una di quelle classiche mamme anni '50 che venivano rappresentate nelle cartoline vintage, tanto per intenderci.

«Avrai fame. Vieni, ho preparato l'arrosto. Non vedo l'ora di sapere tutte le novità sugli studi, la tua vita a Parigi e...» si bloccò guardando il suo maglioncino infeltrito, poi continuò, «e niente altro, suppongo.» Era pur sempre sua madre. Non l'avrebbe di certo mai cambiata, ma in fondo le voleva bene nonostante quelle incomprensioni che si mettevano sempre tra di loro. Cinse la vita di suo papà, che ricambiò con calore il suo abbraccio, e con cani al seguito entrarono in casa.

***

Sapeva che due giorni sarebbero volati via in un soffio, ma cercava di goderseli fino in fondo. Barnaba e Lola se ne stavano spesso spaparanzati sul prato sotto il piacevole sole dell'autunno. Rudolf non faceva altro che mangiare con la sua solita ingordigia, Sissi era sempre in esplorazione di qualsiasi cespuglio dal quale provenivano rumori molesti. Portò anche nella stanza di Cloe una biscia morta tra i suoi minuscoli e affilatissimi dentini e la posò sul letto di Cloe, ma questa era un'altra storia.

Sua madre le raccontò di un certo ragazzo, figlio di un amico avvocato di papà, che si era trasferito a Londra per studiare a Oxford, ma che la prossima estate sarebbe tornato a Limours e avrebbe tanto voluto conoscerla…Ma come, ora cercava di combinarle anche degli incontri che poi si sarebbero trasformati in matrimoni, nella sua testa colma di improbabile speranza? Cloe inorridì all'idea. Certo, avrebbe tanto voluto incontrare un ragazzo e innamorarsi. Provare quella sensazione come di farfalle nello stomaco. Ogni volta che guardava la sua compagna Vivienne, la sua espressione colma d'amore nei confronti del suo ragazzo Ruben, una piccola punta di malinconia si insinuava in lei. Magari questo famigerato ragazzo di Oxford di cui tanto sua madre Laurelail tesseva le lodi sarebbe stato anche interessante. E magari bello e raffinato e forse Cloe avrebbe cominciato a curare un po' di più anche se stessa, in fondo sapeva di essere carina, ma purtroppo i pensieri andavano sempre in direzioni opposte da quelle prefissate. Quegli occhi neri e la faccia da ribelle, con la guancia segnata da una profonda cicatrice, proprio non riusciva a dimenticarla.

Suo padre entrò in camera ridestandola dai suoi piacevoli pensieri. Si sedette di fianco a lei sul letto.

«Lo sai che la mamma ti adora, nonostante a volte, anzi spesso, sia un po' dura nei tuoi confronti, lo fa solo perché ti ama immensamente. Io e lei siamo diversi, ma è anche per questo che la amo come il primo giorno. Un po' irritante, ma buona di cuore.»

Cloe sorrise. Sapeva che suo padre aveva ragione.

«Grazie papà» si limitò a rispondere. Le sue parole erano sempre un conforto per lei.

«Ma ora, raccontami qualcosa della tua nuova vita a Parigi che non riguardi l'università.» E allora Cloe si sentì a tutti gli effetti se stessa. Gli raccontò del bel rapporto con Lily. Gli raccontò dell'incontro con questo ragazzo e del ciondolo che aveva trovato e restituito, senza sfociare in dettagli. Gli raccontò delle sue nuove amiche.

E questi due giorni volarono via davvero, in un soffio. Tornò a Parigi la domenica sera, pronta per cominciare un nuovo lunedì. Un lunedì come tanti altri, senza sapere quanto quel lunedì sarebbe stato diverso. Senza sapere quanto la sua vita sarebbe cambiata sul serio…

Capitolo quattordici
Non poter più fare a meno di chi ti tende una mano

Oliver aveva finito il turno al ristorante. Aveva trovato un lavoro come lavapiatti da compensare alla perfezione le ultime settimane di lavori sociali. In fondo doveva continuare a pagare per bene il fatto di aver picchiato a sangue un pezzo di merda che voleva fare del male a una ragazzina. Questa era la legge, giusto?

Era nel suo piccolo appartamento, guardava il ciondolino a forma di cuore che teneva tra le mani. Non sapeva né come, né il modo, ma questo lunedì sarebbe stato diverso dagli altri. Ci sarebbe stata una svolta. Avrebbe cominciato a cercare sul serio questa donna tanto importante per George, nonostante le informazioni sul suo conto fossero davvero poche.

Più tardi, in una biblioteca non molto distante da casa sua, aveva la pagina di Google nuovamente aperta. Cominciò a digitare quante più informazioni sulle Lilianne di una età compresa tra i cinquanta e i settanta. Visto che George ne aveva settantacinque quando morì. Pensò che doveva trattarsi di una sua coetanea o una donna poco più giovane di lui. Si maledisse per non aver insistito nel cercare di instaurare un rapporto con lui, molto prima. Se fosse riuscito a diventare suo amico, ora saprebbe già da chi andare. Cosa cercare. Invece, solo quel maledetto giorno, prima di morire, Gorge gli confidò quello che aveva potuto, fino a che l'ultimo filo di voce che aveva in corpo glielo aveva permesso. Si toccò di nuovo quella cicatrice, Oliver. Il pensiero della sua morte. Lo aveva difeso...

Continuò a digitare freneticamente sui tasti e per lo meno scoprì, grazie anche ad alcuni profili Facebook, che le Lilianne a Parigi in quella fascia di età non erano poi così tante, rispetto alle Lillianne più giovani. Evidentemente questo nome, un po' troppo classico per i suoi gusti, era tornato di moda.

Guardò le immagini e trovò anche qualche fotografia. Chissà perché la immaginava una bellissima donna! Tutti quegli anni a pensare all'amore della propria vita, una vita ingiusta per George. Oliver non era stato mai innamorato, ma nonostante questo non poteva fare a meno di chiedersi come sarebbe stato amare una persona e non poter vivere il quotidiano, con quella persona. Provare la gioia di amare qualcuno e poi vedersi strappar via tutto, come se non fosse mai esistito. No, non avrebbe mai provato un dolore tale. Aveva già sofferto tanto nella sua vita, non avrebbe permesso che anche il suo cuore potesse essere dilaniato.

Dopo due ore decise di uscire a prendere una boccata d'aria. Era riuscito per lo meno a sapere in che zona della città vivessero queste donne. Alcune immagini gli erano rimaste nella mente. Donne mature, ma molto graziose.

Varcata la soglia della porta all'uscita della biblioteca, tutto accadde in un attimo. Uno scontro quasi gli fece perdere l'equilibrio, mentre l'altra persona cadde all'indietro. Si sporse subito in avanti per aiutarla e quando vide di chi si trattava, sbiancò. Le porse la mano e lei, nonostante l'esitazione, la accettò.

«Ti sei fatta male?» le domandò, mentre Cloe cercava di ricomporsi.

«No, scusami tanto, andavo di corsa.»

«Ho visto» asserì Oliver con un ghigno divertito.

«Cosa ci fai qui?»

«Ti stupisce tanto vedere un tipo come me in una biblioteca?» Cloe avvampò.

«Oh, no, non intendevo…scusami…» Oliver pensò che fosse a dir poco adorabile. Pensò a come sarebbe stato posare le sue labbra su quelle guance morbide e arrossate.

«Stavo solo scherzando, Raperonzolo. Sto facendo alcune ricerche. Devo trovare una donna per conto di un amico che purtroppo non c'è più…» "Ma cosa sto facendo? Sono

83

forse impazzito?", pensò Oliver. Si stava confidando con un'altra persona e non riusciva a smettere. Anche se poi sapeva che sarebbero seguite delle bugie. Di certo non poteva dirle che era stato in prigione, non poteva…Ma da quando in qua gli interessava l'opinione di qualcuno? Poteva sedurla, poteva circuirla e farle credere quel che voleva, per poi sbatterle in faccia la verità su di lui. Non avrebbe fatto fatica almeno a togliersela di torno. Una ragazza così, non era di certo il tipo che stava con chiunque. Anche se, da come lo guardava, si vedeva che non gli era proprio indifferente. Poteva farne ciò che voleva… E allora? Perché non cominciava proprio in questo istante? Molto semplice, non poteva, ma soprattutto: non voleva.

«Io invece cercavo un posto tranquillo dove studiare, visto che in questi giorni la biblioteca universitaria è piuttosto affollata.» La vide un po' incerta ma poi, come risvegliatasi da quei momenti, gli disse ancora: «Se vuoi posso darti una mano. Sono piuttosto brava nel fare ricerche, e poi mi piace molto aiutare le persone.»

«Non dirmi che anche tu hai la sindrome della crocerossina.» E la fece avvampare di nuovo, ma questa volta Cloe non disse nulla. Si limitò a guardare le sue buffe scarpette rosse che portava ai piedi, ma che Oliver pensò le stessero benissimo. Chi poteva permettersi di indossare scarpe così senza risultare ridicolo? Be', Cloe poteva. Erano perfette su di lei.

«Stavo solo scherzando, Cloe. E sì, una mano mi farebbe comodo. Ora sto andando al lavoro, ma se vuoi possiamo vederci qui, uno di questi giorni. Così…posso spiegarti tutto…» Oliver non poteva credere di aver dato un appuntamento a questa ragazza, eppure così sembrava. Le parole grazie e aiuto, non avevano mai fatto parte della sua vita fino a che non aveva incontrato Cloe, ma la cosa più grave, quella che davvero lo spaventava era che…ora che era successo non poteva pensare di fare a meno di chi gli aveva teso una mano.

«Se per te va bene, sarei libera venerdì pomeriggio per un paio d'ore dopo pranzo.»

«Va bene, ci sarò. A venerdì Raperonzolo.»

«A venerdì Oliver.»

Cloe entrò in biblioteca. Oliver si allontanò.

Capitolo quindici
Frasi di circostanza

«Cioè, fammi capire bene…Oggi hai una specie di appuntamento in biblioteca, con quel motociclista dalla faccia sfregiata, dannatamente sexy ma inquietante da sembrare un demone, per aiutarlo a cercare una misteriosa donna per conto di un suo amico?» domandò Vivienne, mentre Emilie la guardava con il gomito appoggiato alla scrivania e la bocca spalancata.

«Detta così suona un po' strano» sibilò Cloe.

«Be', forse perché è davvero un tantino…strano?» continuò Emilie mimando delle virgolette immaginarie con le dita.

«Io invece trovo che sia la cosa più fica che abbia mai sentito. Cavoli, quasi quasi invidio la tua vita» affermò Vivienne sprofondando tra i cuscini del letto.

«Addirittura? Io invece la vedo così: sto aiutando una persona. In fondo i miei studi mi porteranno a questo. Mi sembra un ottimo modo per cominciare a fare pratica.»

«Se poi la tua pratica è un tipo alto, bello e tenebroso ancora meglio» continuò Vivienne.

Anche Cloe si lasciò sprofondare tra i cuscini. Sapeva che non poteva di certo esserci qualcosa tra lei e quel ragazzo. E poi un po' le incuteva timore. Ma nonostante ciò non poteva fare a meno di aiutarlo. In quegli occhi leggeva molto più che uno sguardo strafottente e poi aveva anche potuto appurare che, se voleva, poteva essere gentile. Era un po' una sfida per lei. Per la nuova Cloe. E anche questa volta, proprio come la decisione di aiutare Lily, non poteva e non voleva tirarsi indietro. Quando dallo sguardo di Oliver aveva capito quanto fosse importante per lui trovare quella donna, non aveva esitato. Voleva aiutarlo con tutta se stessa. E poi si sarebbero visti solo in posti affollati, non aveva nulla da temere. Di certo non era un pazzo, o un serial killer. Di solito sono quelli in giacca e cravatta, insospettabili, a essere i più pericolosi, giusto? In realtà erano solo luoghi comuni, ma sapeva in cuor suo che Oliver era…di quelli buoni…

***

Quando arrivò alla biblioteca non pensava di trovarlo già lì. Era assorto nei suoi pensieri, appoggiato al muro di fianco all'entrata della biblioteca, le mani nelle tasche dei jeans e quel ciuffo di capelli ribelle che copriva appena quella cicatrice. "Chissà se lo lascia così proprio per nasconderla un po'", pensò Cloe. Certo gli donava molto questo taglio di capelli. Semplice, ma d'effetto. Gli dava ancor di più quell'aria da bello e dannato. Per il resto, a parte la tuta in pelle e la giacca che usava per la moto, era semplice anche nel vestire. Un maglioncino color crema con una abbondante colletto che sbordava soprattutto da un lato, abbastanza aderente da mettere in mostra il suo fisico asciutto ma muscoloso, senza alcun eccesso. Insomma, Cloe lo trovava perfetto.

Si avvicinò pian piano e, quando Oliver la notò, le riservò un sorriso un po' forzato. Aveva capito che cercava in tutti i modi di essere spontaneo, ma proprio gli risultava difficile. Non doveva sorridere molto spesso.

«Ciao Oliver.»

«Ciao Raperonzolo.» E dopo i soliti saluti di circostanza un lugubre silenzio scese in picchiata, schiacciando Cloe come se fosse stata colpita da una meteorite.

«Ti metto molta soggezione, non è vero Cloe?» le domandò in maniera impertinente.

«Mi chiedo a chi non ne metteresti, in verità» rispose guardandolo negli occhi.

«Non ho mai conosciuto una ragazza come te, quindi non saprei come risponderti.»

«Cosa intendi dire con "una ragazza come te?"» In realtà Cloe aveva ben capito cosa intendeva, ma voleva comunque sentirselo dire da lui. Per lo meno avrebbe smesso di fantasticare su come sarebbe stato avere un ragazzo così al suo fianco. Si sentiva ridicola anche al solo pensiero.

«Semplice, dolce, educata, altruista…Ecco cosa intendevo.» Non si aspettava una risposta del genere. Rimase a dir poco stupita.

«Oh, ok…grazie dei complimenti…»

«Non sono complimenti. Se ti avessi detto quanto sono belle le tue scarpe ti avrei fatto un complimento, perché i complimenti si fanno a una persona quando in realtà non ti piace niente di quel che vedi, in quella persona. Sono solo di circostanza. Ma se io ti dico che le tue scarpe sono orrende e nonostante questo tu le sai portare benissimo, allora questo è un vero complimento.»

«Sei contorto, lo sai? Certo che il tuo discorso non fa una piega, però. Quindi, le mie scarpe fanno schifo, ma sono perfetta per calzarle, giusto?»

«Esattamente.» E un altro lieve sorriso comparì sulle labbra di Oliver.

«Mi piaci Oliver» esordì spontanea Cloe. Ma quando si accorse che poteva essere fraintesa avvampò.

«Anche tu mi piaci Raperonzolo.» Schietto, diretto, sincero…

«Se ti va possiamo entrare e cominciare subito con la tua ricerca.»

«Prima vorrei fare due passi. Vorrei raccontarti qualcosa in più su questa situazione, te lo devo, mi sembra il minimo visto che mi stai aiutando.»

«Ma certo.» Camminarono per qualche isolato, mentre Oliver raccontava a Cloe qualcosa in più, omettendo il carcere, per il momento. Non voleva spaventarla. Non voleva farla scappare. Non voleva che si allontanasse da lui.

Quando le disse dell'orfanotrofio, Cloe si rabbuiò. Lei aveva una famiglia perfetta. Viveva in un mondo perfetto. Come poteva una persona aver passato tutto questo? Non si dava pace al pensiero.

«Mi dispiace tanto.» Oliver guardava davanti a sé. Sembrava perso nei suoi pensieri. Continuava a camminare al fianco di Cloe, fino a che non si fermò di colpo. Cloe fece lo stesso.

«È il passato...» Sapeva che era una bugia. Perché il suo passato era ancora il suo presente e il suo futuro. Ma dire queste tre parole a Cloe, lo fece rasserenare per un po'. Quasi ci aveva creduto che fosse davvero così.

Quando entrarono in biblioteca gli sguardi di alcune studentesse si posarono curiose su Oliver. Lui come suo solito pensava che ne avessero timore. Non che quelle fossero come Cloe, perché Cloe era speciale, ma non erano neppure come le solite con cui si intratteneva ogni tanto, per sentirsi un uomo. Fino a che non aveva incontrato Cloe, capendo che forse, l'unico modo per sentirsi davvero un uomo, sarebbe stato quello di avere lei tra le sue braccia. Ma non poteva pensare a questo. Non sarebbe mai dovuto accadere. Non voleva sporcare questa dolce e limpida ragazza con i suoi incubi.

Cloe invece pensava semplicemente che Oliver era talmente bello che non poteva passare inosservato. Quando furono di fronte allo schermo del computer non poteva fare a meno di osservarlo ogni tanto. Quel profilo così puro e delicato da una parte, e quel profilo che ora non vedeva, altrettanto puro e delicato, ma marchiato per sempre da quella cicatrice. Avrebbe tanto voluto chiedergli come se la fosse procurata. Cosa gli era successo. Ma non osò.

Capì che si era già esposto molto con lei. Sapeva che nascondeva ancora delle cose, cose molto brutte e tristi, ma non ne aveva paura. L'unica paura che veramente faceva tremare Cloe, era la consapevolezza che forse non avrebbe mai saputo altro sul suo conto. Sperò tanto di no. Sperò che prima o poi le avrebbe raccontato tutto, anche le cose peggiori. Sperava anche in cuor suo che nulla di quello che un giorno forse lui gli avrebbe detto la portasse ad allontanarsi.

Per il momento si sarebbe limitata ad aiutarlo nelle sue ricerche. Oliver le porse il ciondolo e questa volta Cloe lo osservò con ancora più attenzione. Quest'uomo, questo George, tanto importante per Oliver, sarebbe stato tanto importante anche per lei da quel momento. Un amore nascosto che non potrà più avere la possibilità di essere vissuto, se non con un ricordo. Questo ciondolo doveva stare tra le mani di questa donna tanto preziosa. Non avrebbe fallito.

Capitolo sedici
Solo il pensiero di lei...

Oliver era assuefatto dal pensiero di Cloe. Dopo quel pomeriggio in biblioteca, dopo che si erano salutati promettendosi di rivedersi presto, non pensava ad altri che a lei. Il suo aiuto era stato prezioso. Avevano trovato altre donne che si chiamavano Lillianne, e il viso stupito, ogni tanto incerto di Cloe, e cupo durante la ricerca, lo colpì più volte. Lei si ridestava subito alle sue domande sul perché di quel viso cupo, quasi come se non volesse fargli leggere i suoi pensieri. Non aveva insistito, forse si era sbagliato. Forse era semplicemente così concentrata e desiderosa di aiutarlo che aveva interpretato male la sua espressione. Comunque, di una cosa era certo: era bellissima, anche se non poteva dirglielo. Doveva assolutamente vederla come un'amica. Non che fosse esperto di amicizie, per lui tutti erano conoscenze. E quelli che si spacciavano per amici finivano sempre in qualche guaio in cui Oliver non voleva essere coinvolto. Anche se spesso, in passato, era accaduto.

Tirava pugni forti al sacco da boxe. Quasi sentiva le mani sotto i guantoni intorpidite. Si fermò di colpo quando sentì bussare alla porta. Tolse i guantoni e si tamponò il viso con un asciugamano. Si avvicinò alla porta e aprì. Di fronte a lui Shelby, la ragazza che abitava nella palazzina di fianco. Era venuta per avere le sue attenzioni, lo sapeva. Non avrebbe dovuto cedere, visto che l'aveva già vista due volte. Questa era la terza. Si trovava in zona pericolosa. Ma il pensiero incessante di Cloe gli dava il tormento. E così, allontanatosi per prendere un preservativo dal comò, si avvicinò di nuovo alla ragazza, la prese per un braccio e, come sempre faceva con quelle come lei che si presentavano alla sua porta, quelle che volevano, desideravano, bramavano, essere prese da lui, la portò nel nascosto seminterrato della palazzina. Mai le avrebbe fatte entrare in casa sua. La prese con forza e poi lei, appagata, se ne andò. Cercava solo sesso, come lui. Era Cloe l'unica che voleva accanto a sé. Non sarebbe mai riuscito a tenere il dovuto distacco con lei. "Un maledetto egoista, ecco cosa sono", pensò. Avrebbe parlato con Cloe. Le avrebbe raccontato tutto nella speranza di non allontanarla. Se questo fosse successo allora avrebbe fatto come sempre, da che era al mondo: avrebbe continuato a sopravvivere, tanto in questo era molto bravo.

Capitolo diciassette
Una sensazione troppo bella

Dentro di sé Cloe sentiva un vortice di emozioni contrastanti. Da una parte era felice di aver conosciuto Oliver, di aiutarlo in questa sua ricerca. Dall'altra, avrebbe voluto che sparisse subito dalla sua vita. Che non si facesse vedere più. L'unica cosa di cui era certa era che comunque lo avrebbe rivisto prima o poi, e forse più il tempo passava e più sarebbe stato doloroso accettare di non vederlo più. Era ancora in tempo, nei suoi confronti provava una forte attrazione che le creava un doloroso ma piacevole sfarfallio nella pancia. Una semplice cotta per un ragazzo bello e dannato. "A tutte capita prima o poi", pensò. Certo, di solito succedeva durante l'adolescenza e lei a vent'anni appena compiuti l'aveva superata. Il fatto era che il destino aveva in serbo per lei questa sorpresa nel momento in cui non se lo sarebbe mai aspettato. Sarebbe stato più probabile conoscere un ragazzo dell'università e magari uscire per una cena e un cinema, poi magari ci sarebbe scappato un bacio innocente e a seguire forse altro…Invece no! Il ragazzo per cui aveva una cotta colossale era un motociclista, e non sapeva cosa faceva nella vita per vivere. Forse spacciava droga? Ecco spiegato il motivo della cicatrice. Un conto non saldato con uno spacciatore? Si sentì rabbrividire e la paura quasi prese il sopravvento. E poi quel pensiero: Lily… Lillianne… Lily era il diminutivo. Sapeva che si chiamava Lillianne vista la sua firma sul contratto di lavoro. No, non poteva essere! Sorrise tra sé e salutò Emilie e Vivienne, promettendo loro che presto sarebbero andate al cinema per vedere una nuova commedia romantica e divertente "Un homme à la Hauter", una particolare storia d'amore tra una ragazza chilometrica e un piccolo pigmeo. Una coppia improbabile, come poi in fondo erano improbabili Cloe e Oliver a modo loro.

Tutti questi pensieri lasciarono il loro tempo una volta che Cloe, uscita dall'università, vide Oliver appoggiato alla motocicletta. "Cosa ci fa qui?", pensò. Forse era ancora in tempo per scappare via, visto che lui era distratto e non l'aveva notata. Forse…Ovviamente tutti i suoi ragionamenti andarono a farsi benedire nel momento esatto in cui Oliver la vide e la guardò intensamente. Uno sguardo come di chi aveva capito le intenzioni dell'altro, come se volesse dirle: "Ti prego non scappare da me…" E Cloe, ancora una volta, non scappò. Si avvicinò a Oliver che, con una certa calma apparente, le porse un casco e Cloe lo afferrò senza dire nulla. Tutto avvenne in un profondo silenzio. Una volta indossato, Oliver si assicurò che fosse ben allacciato, indossò il suo, salì in sella e mise in moto. Cloe impacciata salì a sua volta, con zaino in spalla. Oliver, con i piedi ben piantati al suolo per mantenere la moto in perfetto equilibrio, prese le mani di Cloe che si erano appoggiate timide ai suoi fianchi, e se le portò sull'addome. Adesso il petto di Cloe era sporto in avanti premuto forte contro la schiena di Oliver. Era una sensazione troppo bella per non essere vissuta. Spaventosa, ma bella.

Non sapeva dove la stava portando. E se avesse avuto brutte intenzioni? Se avesse cercato di farle del male? Era forse una stupida a fidarsi così di uno sconosciuto. No, non poteva essere. Si sentiva al sicuro, con il vento che portava nelle sue narici il piacevole profumo di Oliver che ricordava legno e cuoio. Era perfetto.

Si fermarono sul ciglio della strada che costeggiava un grande parco sul fiume Senna. E finalmente uno dei due parlò. Fu Oliver a cominciare.

«Ti va di comprare qualcosa da mangiare? Possiamo fermarci qui.» Cloe era preoccupata e ancor di più perplessa.

«Oh, be', non posso fermarmi molto. Tra due ore devo lavorare…»

«Non ti farò fare tardi, promesso. Ho solo bisogno…» disse mentre cominciò a stropicciarsi gli occhi con un gesto del pollice e dell'indice, e poi continuò, «sento che devo dirti tutta la verità su di me, perché mi piaci, mi piace la tua compagnia, e per la prima volta in vita mia ho bisogno di confidarmi con qualcuno. Ti prego di ascoltarmi e se poi non vorrai più avere a che fare con me, ti prometto che non mi vedrai più. Hai la mia parola, Cloe.» Cloe si limitò ad annuire con la bocca completamente spalancata. Comprarono al forno vicino delle focacce calde e qualche bibita che consumarono sul prato, sotto il piacevole sole autunnale.

«Hai freddo?» le domandò Oliver premuroso. Cloe avrebbe voluto rispondere di no, che il sole dell'ora di pranzo era sufficiente a scaldarla, ma tremava leggermente. Non le avrebbe creduto.

«Solo un po', ma non preoccuparti.»

Senza pensarci Oliver prese la sua giacca da moto e la mise intorno alle spalle di Cloe. Erano molto, molto vicini i loro visi in questo gesto così intimo da perfetto primo appuntamento, se tale fosse stato.

«Meglio?»

«Sì, grazie. Molto meglio» disse sorridendo e poi continuò, «Ti ascolto e ti prometto che non scapperò. Anche io sto bene in tua compagnia e poi abbiamo un amore misterioso da ricongiungere. Questo ci lega…» Si bloccò di colpo. Non voleva essere travisata. Si riferiva alla misteriosa donna e al suo amico ormai defunto, anche se non sembrò così. Oliver fece finta di nulla, per non metterla in ulteriore imbarazzo e cominciò a raccontare.

«George era il mio compagno di cella. Sono stato sei mesi in carcere per aver picchiato a sangue un tizio che cercava di fare del male a una ragazzina.» Cloe si portò una mano alla bocca e si irrigidì, ma non lo interruppe. Lo lasciò continuare.

«Quel bastardo mi ha denunciato, non c'erano prove su di lui visto che la ragazza scappò e, essendo minorenne, i suoi genitori non sono intervenuti per testimoniare in mio favore. Praticamente lo avevo picchiato senza motivo…Solo dopo, una volta maggiorenne, la ragazza decise di testimoniare in mio favore. Il giudice è stato clemente, soprattutto grazie al mio buon comportamento in carcere.» Una lieve lacrima inumidì la guancia di Cloe. Ma non lo avrebbe interrotto finché Oliver non avesse raccontato tutto.

«Di notte sentivo George piangere mentre intagliava questo ciondolo» Lo estrasse dalla tasca e continuo a tirare fuori tutto quello che teneva dentro osservandolo tra le sue mani. Non poteva ancora guardare Cloe negli occhi.

«Non parlavamo molto, lui era molto chiuso e io non ero di certo da meno. Ma, quella notte, prima di morire tra le mie braccia, mi disse di Lillianne, l'amore della sua vita. Mi ha dato questo ciondolo, perché lo proteggessi e lo portassi a questa donna. Purtroppo non so molto, è morto prima che potesse darmi più informazioni per trovarla.»

«Non so cosa dire Oliver. Mi dispiace così tanto…Vedrai che la troveremo, ne sono sicura. Tu non sei un delinquente! Hai aiutato quella ragazza. Non eri tu che dovevi pagare, non è giusto!» disse Cloe a gran voce, mentre portava una mano sulla guancia sfregiata di Oliver. Lui la lasciò fare, ma il cuore in petto cominciò a battere come un pazzo. Era da tanto che non si sentiva così vivo e…leggero!

E poi, la domanda tanto temuta arrivò.

«Chi è stato a farti questo?» Oliver sollevò il viso. Finalmente i suoi occhi erano inchiodati a quelli di Cloe.

«Alcuni detenuti avevano cominciato a infastidire George. Era facile per quei maledetti codardi prendersela con i più deboli per sentirsi forti. Erano solo dei pezzi di merda disperati che volevano sfogare la loro rabbia. L'ho difeso, durante quei momenti che avevamo a disposizione nell'atrio all'aperto. Le guardie carcerarie ridevano, non intervenivano. Li avrei ammazzati, giuro su dio! Ma ho ragionato…Non volevo prolungare la mia permanenza lì. Li ho provocati e ho preso il posto di George. Se la sono presa con me e, uno di loro, aveva un maledetto chiodo. Mi ha sfregiato da parte a parte. Solo in quel momento, quando ormai il danno era fatto, le guardie sono intervenute. La sera stessa, dopo essere stato medicato in infermeria, George non ce l'ha più fatta. Si è sentito male ed è morto di crepacuore. In cella, tra le mie braccia. Ho gridato, ho cercato aiuto, ma quando le guardie sono arrivate era già troppo tardi per lui. Non ho mai più pianto da quel giorno, sai? Non avevo più lacrime da versare.»

Era Cloe che piangeva adesso, anche se cercava di trattenersi. Non solo quel ragazzo non era un pericoloso criminale…Quel ragazzo era una combinazione perfetta di forza, coraggio, altruismo, determinazione, ma sembrava non esserne consapevole. Non ci pensò su, Cloe. Si sporse in avanti, sollevò il sedere dal prato facendosi forza con le gambe e lo abbracciò di slancio. Oliver non la allontanò, ma la tenne stretta a sé e poi, terminato quel lungo abbraccio e trovatosi ora viso a viso con lei, la baciò come mai aveva fatto fino a ora. Su un prato, un po' in disparte, ma non di certo lontani da occhi indiscreti, continuarono a baciarsi fino a che le mascelle non divennero dolenti. Un bacio dolce, ma carnale. Oliver era passione allo stato puro. Cloe era dolce timidezza. Ma sapevano che avrebbero potuto fondere queste qualità e trasmettersele a vicenda. Volevano imparare a essere uno la parte mancante dell'altro, senza ancora pensare alle difficoltà a cui sarebbero andati incontro.

Capitolo diciotto
Nel corpo e nell'anima

Questi giorni di pieno sole, in particolare quel giorno di sole, quel giorno di confidenze, quel giorno che aveva reso Oliver e Cloe inseparabili...

Non vivevano la loro storia sotto gli occhi di tutti. Solo Lily ne era a conoscenza. Cloe non ne aveva ancora parlato neppure con le sue amiche. Lo avrebbe fatto, ma non subito. E poi i suoi genitori, soprattutto sua madre...sentiva che l'avrebbe persa per sempre una volta saputo che frequentava un ex galeotto. Poco importava l'onorevole motivo per cui era finito in prigione. Con Lily invece si sentiva al sicuro e anche tra lei e Oliver ci fu un legame sin da subito. Non le sembrava strano, anzi.

Da giorni ripensava al primo giorno di ricerche per aiutare Oliver. Al fatto che su Google, tra le tante Lillianne, continuava a pensare alla sua Lily. Lily, diminutivo di

Lillianne... Ma non poteva essere. Lily era stata sposata e suo marito in vita gestiva la loro attività con lei. E poi questo George era in carcere da moltissimi anni. Non sapeva cosa avesse fatto, ma per beccarsi l'ergastolo sicuramente aveva ucciso...Forse non era una brava persona, ma l'istinto di Oliver gli diceva che non era così. Che lui era un buono. Che come Oliver era finito in galera senza meritarlo davvero. E Cloe gli credeva.

Forse avrebbero fatto ricerche anche sul passato di George, ma non prima di aver trovato la sua adorata Lillianne. Non volevano essere condizionati dal passato di quest'uomo. Se avessero saputo cose molto brutte sul suo conto, forse non se la sarebbe più sentita di aiutare Oliver, e Oliver aveva intuito e rispettato questo pensiero.

La accompagnava spesso da Lily se non era di turno al ristorante. Passavano molto tempo assieme. Si baciavano molto, ma non si erano ancora spinti oltre. Cloe era spaventata dal sesso, Oliver lo sapeva, ma non le chiedeva nulla. Sarebbe stata lei a parlarne.

Oggi poi non era un sabato qualunque. Per la prima volta la portò con sé in quel tugurio che chiamava casa. La sentì tesa.

Si guardò intorno curiosa e gli disse: «Per essere un ex galeotto, hai il senso del gusto.» Lui sorrise a questa affermazione. Era tornata la Cloe che vide la prima volta. Quei momenti di tensione tra loro, in cui Oliver si era confidato, stavano scemando col passare dei giorni. Si sentivano sempre più un ragazzo e una ragazza comuni che si frequentavano e a lui piaceva questa nuova sensazione. Non ne era spaventato. Era piacevole. Certo erano diversi. Una studentessa promettente, di buona famiglia, e un orfanello praticamente autodidatta che non poteva aspirare a molto nella vita visto il suo pessimo curriculum, ma per il momento volevano davvero vivere alla giornata. Senza pensare al futuro.

Cloe osservò il sacco da boxe; ne fu affascinata. Poi vide i libri sul comodino. Ne prese uno e cominciò a sfogliarlo.

«Ho perso il conto di tutte le volte che ho letto la storia della vita Gandhi» asserì.

«Anche io. Leggere della sua vita ti fa sentire meno sbagliato…» Cloe non rimase indifferente a questa affermazione.

«Sono sempre le cose semplici che mozzano il fiato…Diceva lui, e non aveva torto» continuò.

Sorrise imbarazzata, mentre Oliver riportava una frase di Gandhi e seguiva ogni suo movimento incantato. Lei era la vera semplicità, lo pensava davvero.

Cloe riappoggiò il libro sul comodino e passò la mano anche sugli altri in una tenera carezza. Solo storie vere. Solo grandi personaggi che avevano fatto la storia nel mondo. Era questo che affascinava Oliver e lei si sentiva ogni giorno più ammirata e vicina a questo ragazzo che all'apparenza sembrava così diverso da lei. Ma dentro…Dentro non lo era. Lei sapeva che erano molto più simili di quanto si potesse pensare. Si avvicinò a lui e, posandogli una mano sulla guancia deturpata disse: «Tu nei sei sbagliato. Tu sei perfetto così come sei. Ognuno è perfetto come è. Ognuno di noi ha le sue debolezze e i suoi punti di forza. Anche tu. E poi sei speciale e mi dispiace tanto che non riesci a capirlo.» Oliver prese la mano di Cloe tra le sue. Scrollò il capo.

«Cloe, tu mi piaci, e molto anche. Mi sei piaciuta subito. Nel momento esatto in cui quella specie di topo che tu chiami cane mi ha lasciato il suo ricordino…», si fermò un istante perché gli scappò un sorriso divertito, e così anche a Cloe. Ma poi cercò di tornare serio e continuò, «Ma voglio essere sincero e poi sarai tu a decidere. Da quando ci siamo incontrati ho cominciato a non usare più la ragione, come sono sempre stato solito fare. Ho cominciato a fantasticare sull'amore, su quello che si prova a essere amati da qualcuno, cosa che io non ho mai provato in vita mia. Ma il desiderio di vedere dove mi porterà tutto questo mi fa sentire egoista nei tuoi confronti. Perché non voglio farti soffrire. Non voglio che ci facciamo del male…Ho provato a starti lontano, ma poi penso al ciondolo e…»

«Credi che sia stato il destino a farci incontrare. Credi che quel ciondolo che ti rende portavoce di un amore sofferto, voglia dirci qualcosa. Sono stata io a trovarlo e a restituirtelo, questo vorrà dire qualcosa. E se non sarà così non importa. Non so quel che saremo un giorno l'uno per l'altra, ma so che oggi sono felice di essere qui con te. Sono felice di non essermi soffermata alle apparenze e che quel senso di inquietudine che mi hai trasmesso la prima volta che ti ho visto seduto su quella panchina sia scemato via.» «Non ho paura di te Oliver. Non ho paura del tuo passato. Non provo fastidio nel guardare la tua cicatrice, è una parte di te. C'è, e non possiamo fare finta che non esista, possiamo solo imparare ad accettarla. Tu l'hai accettata Oliver?»

«Sì, perché mi ricorderà sempre che ho aiutato un amico. L'unico vero amico che ho avuto…» Oliver sorrise di nuovo. Ultimamente lo faceva spesso. Avvicinò poi le labbra a quelle di Cloe e la baciò, tirandola verso di sé. Premendola forte contro il suo corpo. Tutto quello che si erano confidati li portò a bearsi ancor di più di questa intimità tra loro. Non fecero l'amore. Oliver era ancora vergine nei sentimenti e nell'anima, e Cloe era ancora vergine nei sentimenti, nell'anima e nel corpo. Glielo confidò nell'orecchio in un lieve sussurro misto di emozione ed eccitazione. Oliver lo immaginava, ma sentirselo dire era tutta un'altra cosa. Sarebbe stato lui il primo. Aveva una grossa responsabilità, ma ne era felice. Avrebbe urlato dalla gioia. Erano sdraiati sul suo letto ora, troppo piccolo per lui, ma che con lei vicina sembrava perfetto. Avrebbero aspettato per il bene di Cloe e per il rispetto e la sicurezza dei loro sentimenti reciproci.

«Sei bellissima Cloe. Soffice, delicata» le sussurrò all'orecchio mentre con le mani le accarezzava la pancia sotto la maglietta. La desiderava ma era bellissimo gustarsi appieno quel poco alla volta che mai aveva assaporato nella vita.

Capitolo diciannove
Una verità che può far male

Cloe aveva la testa tra le nuvole. Era appena tornata dalla passeggiata con Barnaba, Rudolf, Lola e Sissi, ma le sembrava di fluttuare come uno spirito.

Quando entrò in casa vide Lily, già ai fornelli intenta a preparare la pappa ai quattro fortunati.

«Cloe, tesoro, come è andata oggi? Si sono comportati bene?»

«Come sempre. Sissi non ha più dato quel tipo di problema dopo…Oliver!»

«Che ti avevo detto? Quel ragazzo le è stato subito simpatico. Come anche a me», continuò Lily strizzando l'occhio a Cloe.

«Lily, tu cosa ne pensi del suo passato?»

«Io penso che sia un ragazzo che ne ha passate tante. Forte e coraggioso.» A volte Cloe non poteva fare a meno di pensare come sarebbe stato avere una mamma come Lily. Se tra lei e Oliver le cose fossero diventate serie avrebbe dovuto presentarlo ai suoi genitori…a sua madre…E cosa le avrebbe detto? "Mamma, ti presento Oliver, il mio ragazzo. Nonché lavapiatti, orfano, ex galeotto e che vive in un appartamento che sa un po' di muffa…Però è un lettore accanito!" Forse con questo ultimo aneddoto tutto quello che aveva detto prima sarebbe passato in secondo piano. In fondo la cultura era importante, no? Il fatto era che tutti questi aspetti duri della vita di Oliver lo avevano reso il ragazzo meraviglioso che era. Ma sapeva che sua madre e forse questa volta anche suo padre, essendo poi avvocato, non lo avrebbero di certo capito. Non lo avrebbero mai accettato.

«Stai pensando ai tuoi genitori, vero? Non sai se dire loro di Oliver…»

«So che è ancora presto per avere di certi pensieri, ma se continueremo a stare insieme, e lo spero con tutto il cuore, quel momento arriverà. Pensavo di tornare a trovarli e magari cominciare a indorare la pillola, un poco alla volta…Potrei portare di nuovo con me i cucciolini e magari mia madre sarà un po' distratta dalle peripezie di Barnaba nel suo bel giardino curato…», parlò tutto d'un fiato finché non le scappò una risata isterica.

«Un passo alla volta bambina. E poi, se avrai bisogno di me, ci sarò. Parlerò anche io con loro se sarà necessario, va bene?» Continuò Lily posandole dolcemente una mano sulla spalla. Non le avrebbe di certo dato questa dura incombenza, ma saperla pronta a questo le colmò il cuore di gioia.

«Grazie Lily di essermi vicina. Oliver è davvero speciale. Se penso a quello che sta facendo per il suo amico George. Prima di morire gli ha dato il ciondolo e gli ha fatto promettere di ritrovare il suo grande amore, la sua Lillianne. Voleva che sapesse che lui l'ha sempre amata…» Cloe notò il cambiamento improvviso di Lily. Era bianca come il latte.

«Lily, ti senti bene?»

«Ma, ma certo, cara» balbettò. E allora Cloe capì…Prima non aveva mai accennato certi particolari sul misterioso ciondolo a Lily, mentre adesso sì. Forse quella possibilità a cui aveva pensato ridendoci un po' su, un fondo di verità l'aveva. Ma non le avrebbe chiesto nulla, finché non ne avesse avuto la certezza.

Capitolo venti
Nulla più sarà impossibile

Oliver lavorava tutte le sere, ma ogni momento libero lo passava con Cloe e quando lei era all'università o in biblioteca con le sue amiche a studiare, passava quelle ore a tirare pugni al sacco e a rileggere fino allo sfinimento i suoi libri preferiti. Molti anche i momenti passati al suo sgangherato cellulare per parlare quasi ogni giorno con una nuova Lilliane, che immancabilmente non era mai quella giusta.

Anche questo doveva essere un giorno come un altro, invece la sua routine avrebbe subìto una svolta...Avendo il turno del pranzo al ristorante, avrebbe passato una serata libera in compagnia di Cloe, le sue compagne di corso e il ragazzo di una delle due. Un certo Ruben. L'idea non gli piaceva molto. Di cosa avrebbe parlato con un giocatore di rugby e altre studentesse modello? Se erano amici di Cloe, non potevano di certo non essere alla mano…almeno lo sperava. Cloe non parlava molto di sé, preferiva che fosse Oliver a parlare. Sapeva che proveniva da una buona famiglia, ma sembrava provasse imbarazzo. Non si sentiva adeguata e a Oliver sembrò strano. Ma in fondo si trattava pur sempre di Cloe, la stessa ragazza che gli tenne testa anche quando la prima volta che si videro si era comportato da stronzo maleducato. Lei era un personaggio a sé. Non seguiva le mode e diceva tutto quello che le passava per la testa. Era unica e la sua bellezza semplice non poteva di certo passare inosservata. Quelle labbra poi…Morbide e succose come una pesca appena raccolta. Ogni volta che si lasciavano non vedeva l'ora di rivederla e di baciarla ancora, e ancora…

Non ci mise molto a prepararsi. Sarebbero andati a mangiare un hamburger e poi al cinema a vedere una commedia francese. "Mai vista una", pensò Oliver. Ma se faceva piacere a Cloe avrebbe fatto piacere anche a lui. Indossò i jeans buoni, comprati in un mercatino, e una camicia, l'unica che aveva mai indossato, quelle volte in tribunale. Avrebbe dovuto odiare quella camicia per i ricordi che portava con sé, ma gli stava bene e per una serata diversa sarebbe stata perfetta con sopra il suo solito maglione che lavava e rilavava in continuazione nella lavanderia a gettoni sotto casa. "Se un giorno abiterò in un posto decente comprerò una lavatrice", pensò. Prese l'orsetto dal comodino, estrasse il ciondolo e lo mise in tasca. Guardò di nuovo fuori dalla finestra, verso il cielo e disse: «La troverò George, te lo prometto. Ho Cloe vicino a me, nulla più sarà impossibile.» Prese la giacca da moto e uscì.

L'appuntamento era di fronte alla paninoteca. Cloe arrivò in macchina con le amiche e quel Ruben. Parcheggiarono poco distante e si avviarono verso di lui. Quando Oliver li vide avvicinarsi si irrigidì.

Da quanto tempo non intratteneva rapporti sociali con altre persone? Da sempre, forse. A parte qualche raro caso, con i compagni dell'orfanotrofio quando era ancora piccolo e poi poco più che adolescente. Non aveva più visto nessuno di loro, non si era più interessato. Non gliene importava, fino a ora. Ora che aveva incontrato Cloe e aveva visto negli occhi di George quell'amore incondizionato fino all'ultimo respiro. Tutto quello che era venuto dopo l'orfanotrofio, quelle conoscenze e frequentazioni sbagliate, l'orrore dei carcerati con cui aveva vissuto mesi d'inferno in terra erano stati un incubo. Ma così era arrivato a George e a Cloe. Se non fosse finito in gattabuia non li avrebbe mai incontrati, perché tutto quello che era successo dopo la sua vita dietro le sbarre lo aveva portato a conoscere le uniche persone davvero importanti per lui. Doveva sorridere. Doveva provare a entrare nel mondo di Cloe, e se questo voleva dire conoscere i suoi amici, lo avrebbe fatto per lei.

«Oliver...». Il suo nome pronunciato da quelle labbra dolci e morbide su cui molte, moltissime volte, avrebbe posato le sue. Il modo in cui gli andava incontro con la mano a mezz'aria che accompagnava un saluto timido e impacciato. Era pazzo di lei. Era pazzo della sua semplicità e della sua timidezza.

Non appena gli fu vicina lo baciò dolcemente un po' incerta, e Oliver ricambiò. Agitata come non mai, fece le dovute presentazioni.

«Ti presento le mie amiche Emilie, Vivienne e il suo ragazzo Ruben.» Dovette ammettere che sembravano anche loro...di quelli buoni. Certo i visi stupiti delle due ragazze erano tutto un programma. Le cose erano due: o lo trovavano dannatamente affascinante o ne erano intimidite. O forse...entrambe le cose? Ruben per essere un bell'imbusto che curava il suo aspetto in ogni minimo dettaglio, gli diede una bella stretta di mano. Una stretta forte e decisa, di chi aveva intenzione di conoscerti sul serio. Cloe aveva raccontato tutto di lui ai suoi amici? Era quasi certo di no, ma in ogni caso sapeva che sarebbe stato sincero anche con loro.

Seduti al tavolo intenti a divorare i loro hamburger e patatine, parlarono di tutto, mentre Oliver per lo più si limitava ad ascoltare. Non volevano metterlo in imbarazzo, ma si trattava comunque di giovani universitari, colmi di sogni nel cassetto che non vedevano l'ora di realizzare. Cloe gli era seduta accanto. Sentiva il suo profumo di mughetto invadergli le narici, mentre sotto il tavolo gli teneva la mano come a infondergli coraggio. Poi la domanda arrivò inaspettata da Ruben. Poteva pensare che volesse solo stuzzicarlo, ma dal suo viso Oliver capì che non era così. Voleva davvero fare amicizia con lui, soprattutto per rompere il ghiaccio.

«E tu Oliver? Quali sono le tue aspirazioni future?» Oliver aveva venticinque anni. In teoria avrebbe già dovuto averle realizzate. Ma per la prima volta non si infastidì, nonostante il viso di Cloe che cambiò e allora capì che non aveva raccontato nulla di lui. Lo aveva rispettato. Aveva rispettato il suo segreto. Fino a questo momento forse sapevano che si trattava del ragazzo misterioso del ciondolo, nulla più. E allora, con una naturalezza disarmante, cominciò a confidare anche a loro i suoi segreti. Il suo vissuto. Senza tralasciare nulla. Neppure il carcere. E che per lui le aspirazioni erano ancora molto lontane dall'essere trovate e...realizzate. Si sentì di nuovo davvero libero, specialmente quando vide una luce speciale brillare negli occhi di tutti i presenti.

«Sei un uomo coraggioso, Oliver. Sono felice di averti conosciuto e spero che diventeremo amici. Se ti va qualche volta possiamo bere una birra insieme» asserì Ruben. Un uomo...pensò Oliver. Forse non così coraggioso come pensava Ruben, ma uomo sì e lo avrebbe dimostrato sempre anche a Cloe.

«Volentieri Ruben» rispose senza pensarci più del dovuto.

Più tardi erano seduti al cinema a guardare questa piacevole commedia francese. Non che andasse matto per i film d'amore, ma avere Cloe con la testa appoggiata sulla sua spalla valeva tutti i film d'amore che da lì in poi l'avrebbe portata a vedere.

Finito il film salutarono gli amici. Cloe andò via in moto con Oliver. Era felice di aver passato una così bella serata e sorrideva al pensiero del terzo grado che le sue amiche le avrebbero fatto su Oliver nei prossimi giorni… Ma, a dir la verità, non vedeva l'ora di trovarsi da sola con lui. Aveva bisogno di parlargli dei suoi sospetti sul fatto che la famosa Lillianne, potesse essere la sua cara Lily, e più tardi, a casa di Oliver, ne parlò davvero.

«Non so cosa pensare Cloe. Ultimamente ho girato molto per il web e non ho trovato una sola informazione su Lily. Certo, il cerchio si stringe, specialmente ora che comincio a perdere il conto di tutte le Lillianne che ho contattato telefonicamente e a cui mi sono presentato alla porta.»

«Lily è una donna molto all'antica. Gestisce da anni una calzoleria in una stradina quasi nascosta di Parigi. Non è una che puoi trovare di certo sui social o che si farebbe un profilo Facebook. D'altronde non ho un profilo neppure io…»

«Be', se è per questo, neppure io Raperonzolo. Siamo poco moderni entrambi. Visto? Non siamo poi così diversi.» Cloe sorrise e Oliver la attirò verso di sé sul letto. Le scostò una ciocca di capelli dal viso e le disse: «Inutile fasciarsi la testa. Potremmo semplicemente parlare con lei, così risolveremo ogni dubbio.»

«Sì, potremmo farlo domani, così la escluderemo a priori.»

«E se invece non la escluderemo? E se invece fosse proprio lei la Lillianne di George? Ma ci pensi? Il mio passato, il nostro incontro…Sarebbe a dir poco strano e incredibile.»

«Come se fosse stato davvero il destino a farci incontrare. Ne avremo la conferma se così sarà. Comunque…non ti facevo così romantico!»

«Neanche io mi facevo così… "romantico". Fino a che non ho incontrato te e…il tuo ridicolo modo di vestire!» Cloe gli puntò un dito contro il petto stizzita ma divertita allo stesso tempo.

«Rimangiati subito quello che hai detto! Guarda che anche tu non sei un campione di stile. Dalla tua parte hai solo il fascino del tenebroso disceso con la sua moto dagli inferi!» Oliver cominciò a ridere di gusto. Un sorriso che sciolse il suo animo, ma anche quello di Cloe. E allora capirono che questi loro sentimenti sarebbero cresciuti sempre più. Era inevitabile ormai. Cloe cominciò e tremare e Oliver se ne accorse e la strinse ancora più forte.

«Non ho mai fatto l'amore con nessuno.»

«Lo so, me lo hai già detto e poi…neppure io ho mai fatto l'amore…» Cloe lo guardò stupita.

«Sei vergine?» Oliver sorrise.

«No, non sono vergine. Ho fatto sesso, ma…non ho mai fatto l'amore.»

«Oh…Non so se esserne felice di questa tua affermazione oppure no.»

«Dovresti. Ti sto dicendo che saresti la prima con cui farò l'amore…»

«Sì, no…lo so…insomma…So che non è la situazione più romantica del mondo ma…Sono state molte?»

«No, hai ragione, non è il momento adatto per fare queste domande. Ma tu sei talmente…Trovo dolce e altrettanto sexy questa gelosia. E poi il tuo punto di forza è la spontaneità…»

«Ci stai girando intorno latin lover dei miei stivali. Rispondi alla domanda: quante povere donzelle hai circuito in questo tuo sgangherato letto?»

«Se ti può consolare nessuna, e quindi saresti la prima a entrare qui. Per il resto ho avuto diverse avventure, non ti mentirò su questo. La mia vita è sempre stata un tale casino e lo sai bene. Ma quello che provo per te è…speciale Cloe. Mi sto innamorando di te, sempre che già non lo sia! Ho un tale casino in testa, ma sono certo di una cosa: voglio stare con te. Non sono mai stato uno sprovveduto con le ragazze che ho frequentato in passato, te lo assicuro. E voglio che tu sappia che non ti forzerò in alcun modo. Possiamo starcene qui abbracciati a baciarci e a coccolarci. Non dobbiamo fare l'amore per forza. Aspetterò, non voglio metterti fretta.» Cloe sospirò e poi guardandolo negli occhi gli disse: «Voglio stare qui con te. Voglio i tuoi baci e i tuoi abbracci fino a che non ci addormentiamo.»

«È quello che voglio anche io, Raperonzolo.»

«Oliver?»

«Mhmm…», mormorò appena.

«Adesso me lo dici il tuo cognome?»

Oliver fermò di scatto la mano che le accarezzava i capelli, ma riprese a sfiorarla quasi subito e glielo disse.

«Twistèr»

«Lo trovo bellissimo.»

«Questa sarebbe la tua prima bugia mia bellissima Raperonzolo.»

Rimasero stretti, sdraiati sul letto a coccolarsi per ore finché stanchi si addormentarono.

Capitolo ventuno
La tasca del cuore

Questa porta adornata da edera selvatica non smetteva mai di affascinare Cloe. Ogni volta rimaneva sulla soglia più del dovuto a contemplarla, prima di suonare o entrare con le chiavi. E anche adesso la contemplava, mentre Oliver era vicino a lei. Le sorrise mentre le baciava la fronte.

Erano venuti per parlare con Lily. Per spiegarle quello che tanto angustiava Cloe da giorni. Se quella Lillianne fosse stata davvero lei come sospettava, qualche sarebbe stata la sua reazione?

Una volta entrati in casa vennero circondati dai cani che fecero loro una gran festa. Solo Sissi rimase un po' in disparte, fino a quando Oliver non si accucciò e tese le mani verso di lei.

«Coraggio, ti ho già perdonata da molto tempo per quello scherzetto e poi è anche grazie a te se io e Cloe ci siamo incontrati.» Oliver le parlò con calma e sembrò davvero che Sissi capisse quel che gli aveva appena detto. Subito sembrò un po' incerta, ma questo non la fermò. Oliver la prese tra le sue grandi mani e la tenne in braccio per un po'.

«Sissi non aspettava altro, ragazzo mio.» Nel suo cuore Lily già sapeva quel che erano venuti a dirle. Non appena qualche tempo prima aveva sentito nominare George da Cloe aveva collegato la storia del ciondolo alla vita dura di Oliver. Poteva davvero trattarsi di George? Del suo George? In cuor suo sentiva che era così....

Cloe sorrise all'affermazione di Lily, prima di tornare seria. Da dove avrebbe cominciato? Ebbe un attimo di esitazione e Lily si accorse del suo turbamento. Li fece accomodare e offrì loro un bel tè caldo. Cominciò Oliver, e Cloe ne fu felice. Le infuse sicurezza.

Estrasse dalla tasca della giacca l'orsetto e glielo porse.

Lily non era perplessa, ma lo accettò facendo finta di non capire.

«Che bello ricevere un pensiero da un giovanotto affascinante come te.» Oliver le sorrise.

«Apri la tasca del cuore, Lily» le disse sicuro. Quella serenità sul suo viso…Sembrava quasi certo che fosse lei la Lillianne di George.

Lily lo fece. Estrasse il ciondolo. Passò le dita sulle iniziali "L. G. Pour toujour". Oliver cominciò a raccontare.

«Come sai sono stato in carcere per aver picchiato un maledetto che aveva cercato di violentare una ragazza e che ho condiviso la cella con un uomo. Quest'uomo si chiamava George. Ogni notte, pensando che non lo vedessi, intagliava quel pezzo di legno con un calcinaccio appuntito. Prima di morire tra le mie braccia mi diede questo ciondolo, facendomi promettere di trovare la sua Lillianne e farglielo avere. Ha inciso le loro iniziali…Sei tu quella Lilliane, non è vero?» Lily si portò le mani sul viso per un attimo, si alzò e si diresse in camera. Tirò fuori la scatola dei suoi ricordi dall'armadio. Estrasse una foto di George e tornò di là per porgerla a Oliver. Oliver annuì. Era giovane in foto, ma lo riconobbe. Era davvero lui. E Lily era davvero la sua Lillianne.

«George…pensavo fosse morto. Ci eravamo conosciuti che eravamo poco più che ragazzi. Lui è stato il mio più grande amore per quasi un anno. Un anno di promesse che poi furono infrante.» Si accasciò sulla sedia e continuò, «da un giorno all'altro è sparito nel nulla. Lavorava in polizia, per le forze speciali, e pensavo che fosse morto in una missione, invece…»

«Invece finì in carcere, ma ancora adesso non so il perché con certezza. Stava scontando un ergastolo, ma…non ha mai smesso di amarti Lily.» Cloe si alzò dalla sedia e si avvicinò a Lily posandole le mani sulle spalle per confortarla.

«Non l'ho mai dimenticato…Dopo quasi dieci anni ho incontrato l'uomo che poi è diventato mio marito. L'ho amato molto, non fraintendetemi, ma il ricordo di George, del mio primo vero e grande amore, non mi ha mai abbandonata. E ora, sapere che era vivo…»

«Non avreste potuto stare insieme comunque, Lily.»

«Ma se me lo avesse detto…avrei potuto andare a trovarlo.»

«E non avresti potuto continuare la tua vita con un uomo con cui hai costruito un futuro. George non era un egoista. Ti ha amata davvero e proprio per questo ti ha lasciata libera. Credimi, so quello che vuol dire dover rinunciare alla propria vita. Non saresti stata felice. In cuor tuo hai dei bellissimi ricordi che conserverai per sempre. Questo ciondolo era tutto per lui e se non avessi incontrato Cloe non avrei mai potuto fartelo avere. Credo che il potere dell'amore sia unico. Ora lo so per certo.» E quest'ultima frase la disse guardando Cloe negli occhi. Parlarono ancora, per molte ore. Guardarono altre fotografie di un George ragazzo. Quegli occhi che Oliver mai potrà dimenticare.

«Cloe tu sei stata una benedizione. E anche tu Oliver. Siete come i figli che mai ho avuto. George avrà sempre un posto speciale nel mio cuore, ma pensando con lucidità a tutti gli anni che io e mio marito abbiamo passato assieme, gli sarò per sempre grata di avermi lasciata libera.»

«Troppo spesso si dice che noi anziani siamo un esempio. Che possiamo insegnare molto ai giovani. Ma non la penso proprio così. Penso che voi giovani, con il vostro cuore aperto alla vita, siete in grado di insegnarci molte più cose di quante ne possiamo immaginare. Non sprecate più momenti. Tu Oliver hai sofferto molto, ma con questo tuo gesto hai deciso di abbracciare il futuro radioso che ti aspetta. E tu Cloe sarai una donna saggia e con i tuoi studi farai grandi cose per aiutare il prossimo. Hai già cominciato col botto!» Fece sorridere tutti questa frase finale. Di certo Cloe e Oliver sapevano che l'amore che stava nascendo tra loro era puro, ma sapevano anche che non sarebbe stato facile…

***

La sera Cloe si fermò di nuovo da Oliver. Questa scoperta che avevano fatto li aveva scossi in un primo momento. Possibile che il destino fosse così bizzarro da fare incontrare due persone portavoce di un amore che non poteva essere vissuto? A quanto pareva sì. Loro erano insieme, adesso. Questo era stato l'unico modo che avrebbe permesso loro di incontrarsi, altrimenti…Cloe sarebbe stata la stessa Cloe di sempre e Oliver anche.

I loro sguardi ora erano carichi di paure, ma anche di tante promesse. Sapevano che era sbagliato. Sapevano che non sempre il destino, quando ci metteva del suo, era giusto da seguire. Sapevano che avrebbero dovuto seguire la ragione. Ma i loro cuori battevano troppo, troppo forte, l'uno per l'altra, e non potevano essere spenti. Sarebbero morti, l'uno senza l'altro.

«Ti prometto che non ti farò male Cloe, mi prenderò cura di te, ma ti prego, ti supplico: non dirmi di no. Fai l'amore con me, adesso. Ne ho bisogno. Sono innamorato di te, Cloe.»

Cloe tremava sotto lo sguardo caldo di Oliver. Con una lentezza agonizzante, ma bella perché carica di desiderio, si erano tolti i vestiti. Non appena Cloe vide Oliver nudo di fronte a lei, tremò come un cucciolo impaurito. Non provava vergogna o imbarazzo, stranamente, nel guardarlo. Era bello, virile, perfetto e desideroso. Era lei a sentirsi inadeguata. Imbarazzata del suo aspetto, delle sue forme troppo generose. Ma quando Oliver salì a cavalcioni sul letto e le scostò il lembo del lenzuolo di dosso, guardandola con quegli occhi luciferini che nascondevano dietro di essi promesse peccaminose, pian piano le sue insicurezze scemarono sempre più. La desiderava sul serio. Lui, con quella faccia da mascalzone…era innamorato di lei.

«Anche io ti amo, Oliver.» E Oliver sorrise.

«Non coprirti Cloe, lascia che ti guardi. Dio…sei bellissima.»

Ora era sopra di lei e la baciò con trasporto. Baciò ogni centimetro della sua pelle. Ogni centimetro della sua carne morbida. Nulla a che fare con quelle ragazze di passaggio e i loro fianchi spigolosi. Talmente appuntiti da farsi male. Sotto di lui si contorceva una donna, impacciata ma bella e sexy da morire. Il bello di Cloe era soprattutto il non rendersi conto di quanto fosse unica e speciale.

Baciò poi il suo punto più caldo e bruciante, fino a che i suoi respiri non si fecero sempre più accelerati e allora capì che quello era il momento giusto per entrare in lei. Non voleva che soffrisse. Non voleva farle male.

Quando fu in lei, Cloe sgranò gli occhi, ma fu solo un attimo, perché subito cominciò ad assecondare i movimenti di Oliver, travolti dal piacere che cresceva in loro sempre più...

Capitolo ventidue
Non siamo poi così male

Era così bello tenere tra le braccia qualcuno che si amava. Era così bello addormentarsi così. Era così bello amare e essere amati.

Il suo viso era tra i suoi lunghi capelli e si beava del respiro regolare che usciva dalla bocca di Cloe. Avevano fatto l'amore più volte la notte passata. E ogni volta era stata più bella della precedente. Cloe ogni volta si lasciava andare sempre un po' di più. L'imbarazzo lasciava il posto alla fiducia e alla confidenza.

«Buongiorno Oliver» disse Cloe mentre si stiracchiava, non appena si svegliò.

«Buongiorno Raperonzolo, hai dormito bene?»

«Sì, ma sono tutta indolenzita.»

«Mhmm, felice di averti indolenzita.» Le diede un bacio ma Cloe si staccò.

«Aspetta, fammi per lo meno lavare i denti! Non siamo in una favola e io non avrò l'alito che sa di menta.»

«Neppure io, ma chi se ne frega.» E allora Cloe non ebbe più niente da ridire e si lasciò baciare con trasporto. Quando le loro labbra si staccarono, Cloe si incupì.

«Quali pensieri si aggirano in questa bella testolina, adesso?»

«Ho solo paura che tutto possa finire da un momento all'altro. Non posso ancora credere di essere qui. Di aver fatto l'amore con te. Mi sembra di essere la protagonista di uno di quei film in cui la giovane ragazza timida e impacciata, viene sedotta dal tenebroso di turno...»

«In effetti è andata proprio così. Ma non è un film, è la realtà. Anche io sono preoccupato Cloe. Mi sembra come se uno spirito burlone si fosse impadronito del mio corpo facendomi fare quel che vuole lui. Ero certo che la mia vita dovesse continuare in una direzione. Che non ci fosse posto per nessuno, solo per me stesso. Pensavo di bastarmi, invece ti ho vista. Ho cominciato a immaginarti, a fantasticare su di te. Ho pensato tanto a George e al suo amore per Lilliane, e ho desiderato con tutto il cuore avere anch'io qualcuno a cui pensare durante le mie giornate.»

«Se penso a Lily, al fatto che se quel giorno in cui ho letto l'annuncio in cui diceva che cercava una dog sitter, me ne fossi andata ignorandolo...Non ci saremmo mai incontrati.»

«E forse io non avrei mai trovato la sua amata Lillianne...Questo è un motivo vero e concreto. Insieme abbiamo realizzato le ultime volontà di un uomo. Insieme abbiamo dissipato ogni dubbio che Lily si è portata dietro per anni. Forse non siamo poi così male, insieme.»

«No, forse non siamo poi così male insieme...»

Capitolo ventitré
Ah, l'amore!

«Alloraaaaaaa, raccontaaaaaa! O mio dio Cloe! Quell'Oliver è l'incarnazione del peccato, del fascino, della lussuria...» Vivienne e Cloe si guardarono scioccate dal commento uscito dalla bocca di Emilie. Una ragazza sempre così posata e... Insomma! Scoppiarono poi a ridere.

«Be'? Cosa ci trovate di tanto divertente? Anche io ho gli occhi per guardare, o meglio: quattro occhi per guardare! Sarò un po' sfigata, ma anche a me piacciono i bei ragazzi. E poi...quella cicatrice. Quello che ci ha raccontato della sua vita...Oddio, come si fa a non trovarlo affascinante!»

«E non solo affascinante...Legge molto, soprattutto testi impegnativi. Ha studiato molto, soprattutto da autodidatta e ha un ottimo lessico...» Cloe si bloccò all'improvviso, sentitasi ridicola. Davvero si stava vantando del suo ragazzo? Non pensava di essere il tipo avvezza a certi comportamenti così poco educati. Forse l'amore rendeva ancor più sciocchi di quanto si potesse immaginare.

Vivienne ed Emilie la osservavano.

«Tu, sei, fottutamente innamorata di un orfano ex galeotto! Che cosa romantica!» Vivienne praticamente cominciò a starnazzare.

«Adesso ci racconti anche i particolari più intimi.»

«Questo mai ragazze» affermò Cloe coprendosi il viso per l'imbarazzo, «neanche sotto tortura!»

«Per lo meno dicci se lo avete fatto e come è stata la tua prima volta» osservò Vivienne.

«Come fai a sapere che era la mia prima volta se non ve l'ho mai detto?» domandò Cloe corrucciata.

«Oddio Cloe! Te lo si leggeva in faccia. Una ragazza come te, seppur graziosa, che indossa scarpette rosse, non poteva di certo aver fatto sesso!» Vivienne non girava mai intorno alle cose, ma Cloe ed Emilie avevano imparato a capirla e accettarla per come era. Le volevano bene proprio per il suo essere superficiale. L'amicizia voleva dire anche accettare l'altro per quello che era. E loro tre insieme riuscivano benissimo nell'intendo.

«Farò finta di non aver capito la tua affermazione e vi dirò solo che Sì, ho fatto l'amore con lui, e sì, è stato bellissimo, perché ci siamo innamorati.» Emilie si lasciò andare sul letto all'indietro sprofondando con la testa tra i cuscini e poi disse: «Ah, l'amore! Questa è proprio come una di quelle commedie, proprio come quella che abbiamo visto al cinema. Lei alta e bellissima, lui piccolino e basso…Tu dolce ragazza di buona famiglia sempre diligente, lui ex galeotto incompreso ma dal cuore grande…Perfetto!»

«Perfetti non lo so, ma non vi ho raccontato ancora il lieto finale che riguarda il famoso ciondolo che ci ha avvicinati…» E fu così che continuò una piacevole serata tra amiche. E lo stupore e la magia della storia interrotta tra la sua Lily e George che commosse molto anche loro.

"Il destino, quando ci mette del suo, è davvero difficile da ostacolare", pensò Cloe.

Capitolo ventiquattro
Come un incanto

Oliver uscì di casa un po' prima questa mattina. Continuava a passare ogni momento libero con Cloe. La accompagnava a portare a passeggio i cani, quando poteva e ogni volta raccontava un po' più di sé, tralasciando solo quei sei mesi in carcere. Era troppo, per lui. Quella era una parte della sua vita su cui non riusciva a esprimersi. Mentre invece la sua vita in orfanotrofio, le sue conoscenze sbagliate che spesso avevano quasi contribuito a farlo sentire ancor più sbagliato, pian piano stavano scemando sempre più, grazie a Cloe. Quest'oggi doveva fare solo un'ultima cosa…Aveva bisogno di parlare da solo con Lily. Voleva condividere con lei tutte le sue impressioni su George e, se avesse voluto, le avrebbe detto di quelle voci che giravano in carcere su di lui. Sul perché del suo ergastolo. Erano voci, ma in carcere non c'era tempo per i pettegolezzi, e difficilmente sarebbero state infondate. Ma Oliver non aveva mai parlato con George di questo. I quotidiani mai ne avevano parlato. Tutto era stato seppellito, essendo lui nelle forze speciali.

George era morto davvero nel cuore di Lily in tutti questi anni, e voleva avere rispetto del suo dolore. Sarebbe stata lei a dirle se voleva sapere quel poco di cui lui era a conoscenza.

Bussò alla sua porta, non suonò il campanello perché stranamente intimidito. Osservava la porta e pensava ancora a quanto Cloe ne fosse incantata. Cloe era una piccola principessa per lui. Era incantata dalle favole e per lei, venire qui, era come entrare in una favola. Lo aveva capito subito osservandola.

«Oliver, ragazzo mio. Che bello vederti, accomodati.»

Oliver non se lo fece ripetere due volte. Entrò sotto lo sguardo attento dei quattro amici quadrupedi di Lily, che ora erano diventati anche i suoi. Soprattutto Sissi che, non appena era seduto al tavolo a sorseggiare tè e mangiare biscotti fatti in casa, non perdeva occasione di stargli in braccio, ogni volta. E a Oliver non dispiaceva di certo. Sentiva un legame profondo con questo minuscolo esserino. L'aveva portata a Cloe, insieme a George e…Lily. Erano speciali. Erano la famiglia che non aveva mai avuto.

«Lily, non sono molto bravo con le parole. In realtà ho sempre fatto un gran casino, ma sappi che sono disponibile a rispondere a tutte le tue domande su George. Tutto quello che vorrai sapere su di lui cercherò di scoprirlo. Per il momento posso dirti quello che ha trasmesso a me...»

«Non è necessario Oliver. Tu, con il tuo gesto, con quello che hai passato…Quanto sarei stata orgogliosa di avere un figlio come te! Prima di conoscerti mi sono sempre chiesta del perché dio non mi ha concesso la possibilità di essere madre. So che io e mio marito ci siamo conosciuti tardi, ma già avevo saputo in passato che non avrei mai potuto avere figli. Sono sempre stata sterile. Ho sempre pensato

di avere sbagliato qualcosa. Ma ora so che non è così.»
Lily si alzò dalla sedia e prese il viso di Oliver tra le sue
mani per guardarlo in viso ancor meglio. Oliver non ne fu
per nulla infastidito. Poi continuò, «Ho capito che mi
stava conducendo a te, grazie anche al gran cuore di
George. Il nostro amore, anche se ci ha fatti tanto soffrire,
ci ha portati a conoscere te. Sei come il figlio che non
abbiamo mai avuto e per questo ti chiedo di venire a
lavorare nella mia calzoleria. So che sei giovane, potresti
avere molte aspirazioni. Ma nulla ti vieta di andare
all'università e nel frattempo mandare avanti con me la
mia attività, così che io possa lasciarla a te quando non ci
sarò più.» Oliver era scosso. Sentiva i suoi occhi
inumidirsi. In cuor suo sentiva che era quello che voleva
anche lui. In cuor suo sapeva che si sarebbe sentito ancor
di più un uomo. Aveva avuto George nella sua vita.
Adesso aveva la sua Cloe. Adesso aveva vicino a sé una
donna che era più di una mamma e gli stava offrendo un

lavoro. Un lavoro che lui avrebbe imparato e onorato con orgoglio per sempre. Accettò e si lasciò abbracciare da lei.

Capitolo venticinque
Indietro nel tempo

Cloe non si sentiva molto bene da un paio di giorni. Non sapeva da cosa era dovuto il suo malessere e le dispiaceva avere quelle occhiaie. I giorni passavano. Con Oliver erano felici, e non si crucciava più al pensiero di presentarlo ai suoi genitori. Era troppo innamorata e nulla la spaventava. Oliver aveva cominciato a lavorare alla calzoleria di Lily. Era felice, stava imparando tutti i trucchi del mestiere e il cuore le si colmava di gioia ogni volta che lo vedeva intento a utilizzare tutti quegli attrezzi per riparare e far riprendere vita a scarpe che tante ne avevano viste di strade. Era bellissimo, e virile con quel grembiule di cuoio. Ogni volta che entrava nella bottega le sembrava di tornare indietro nel tempo e Oliver era un bel garzone, buono ed educato, e lei una piccola principessa. Le piaceva fantasticare. Peccato che, a causa di questo suo malessere, non riusciva a godersi appieno queste belle giornate di sole invernali, che a Parigi erano veramente rare. Finiti i corsi per questa mattina si preparava a sostenere il primo esame prima delle vacanze di natale. Stava andando un po' a rilento, se ne rendeva conto, ma avrebbe recuperato.

Decise di uscire a fare due passi. Era sola nell'appartamento, le sue compagne erano in giro a fare acquisti. Forse una boccata d'aria le avrebbe fatto bene. Ma non fece in tempo a raggiungere la porta che una forte nausea la colpì. Dovette correre in bagno, dove appena in tempo, aveva rimesso tutto. "Che si tratti di un virus intestinale?", pensò. Poi, un pensiero improvviso la fece tremare. Si precipitò in cucina e guardò il calendario. Era solita segnare il giorno in cui le arrivava il ciclo, abitudine insegnata da sua madre Laurelail. «Non vorrai mica che ti arrivino magari mentre sei a scuola o per strada, senza un cambio con te, giusto? Meglio sapere di preciso le settimane a rischio così che tu possa prevenire figure imbarazzanti», le diceva sempre. Be', niente figure…Abbastanza puntuale ogni mese, ma adesso con un ritardo di una settimana. Cercò di non farsi prendere dal panico. Forse era davvero influenza e questo virus magari aveva fatto ritardare il ciclo…Sapeva che era una sciocchezza, ma in questi momenti era bello credere a cose assurde più che trovare la vera risposta plausibile.

Per togliersi ogni dubbio uscì per andare in farmacia a comprare un test di gravidanza. La nausea ora era un po' passata e anche i capogiri. Quando rientrò, con le mani che tremavano, fece pipì sullo stick e aspettò. Avevano sempre fatto l'amore con il profilattico. Oliver era scrupoloso in questo e le aveva assicurato che anche durante i suoi rapporti in passato aveva sempre usato una protezione, e lei gli aveva creduto, specialmente quando lui si presentò con le analisi del sangue per rassicurarla sul fatto che era pulito. Ci teneva molto a lei. La amava e anche per questo fece di sua spontanea volontà tutte le analisi del caso, rassicurandola ancora di più. Lui era più da gesti che da parole, e questo suo aspetto piaceva molto a Cloe. Tutti questi pensieri si bloccarono quando vide il test: positivo. Sentì che il mondo le stava crollando addosso. Una sola volta, per sentire quel contatto ancor di più. Calore nel calore. Era bastata quella volta…

Capitolo ventisei
Un simile destino

Quando Oliver chiuse la calzoleria e si ritrovò davanti quei due, capì che la felicità per lui non poteva altro che essere di passaggio. Non si ricordava i loro nomi. Sapeva solo il dolore che gli era stato inferto dal più grande dei due. Quella cicatrice che aveva imparato ad amare perché ogni giorno, quando si guardava allo specchio, gli ricordava che aveva protetto George da quei ceffi. George lo aveva lasciato poco dopo lo stesso, ma per lo meno sereno tra le sue braccia.

Ora i due erano qui di fronte a lui. Erano usciti di prigione. «Non te la passi poi tanto male, stronzo! Sono giorni che ti osserviamo di nascosto. Tu e la bella pollastrella che ti sbatti.» E a quel punto Oliver non ci vide più. Quelle bocche schifose avevano nominato la sua Cloe. Gli si scaraventò addosso. Avrebbero potuto ammazzarlo e lui lo sapeva bene. Era forte Oliver, ma loro erano sempre in due. Riuscì a sferrare calci e pugni. Era più agile. Dopo il carcere quei pugni che tirava al suo sacco da boxe lo avevano reso più forte. La colluttazione finì poi all'improvviso. Nessuno ebbe la peggio o la meglio. I due tizi erano scossi dalla forza dei suoi pugni. Aveva quasi rotto il naso a quello che lo aveva sfregiato. Erano in piedi, sanguinanti e ansanti.

«Giuro che se vi fate vedere ancora vi ammazzo! Avete capito?» Faceva paura, Oliver. Aveva gli occhi iniettati di sangue. Cloe scherzava spesso sul fatto che quando lo aveva visto la prima volta lo aveva paragonato a un demone sceso in terra. In questo momento si sentiva ancor di più così.

«Non siamo in cerca di guai, stronzo! Volevamo solo darti un'altra lezione. Quel pezzo di merda di vecchio che hai difeso…Dovevo farlo fuori! Sai quanto ci ho impiegato per farmi amici i secondini in tutti questi anni? Per cercare di convincerli a farmi trasferire in quel carcere? Non immagini neanche. Ero lì da poco. Ero lì solo per far fuori il bastardo che ha ucciso mio figlio!» Oliver non capiva. Era spiazzato.

«George era un poliziotto. Era nelle forze speciali. Era dalla parte dei buoni!!» sbottò Oliver. "Di quelli buoni", continuò a pensare.

«Mio figlio era poco più che ventenne. Si era fatto immischiare in brutte situazioni. Quel giorno…Non avrebbe mai fatto del male a quella ragazza. So, so come era mio figlio! Lui, invece, l'ha ucciso. Ma mio figlio…Non posso credere che gli avrebbe fatto del male!» L'uomo si accasciò a terra e cominciò a piangere. Il suo giovane amico lo consolava. Forse aveva preso il posto di suo figlio? Come Oliver aveva preso il posto di quel figlio che Lily avrebbe tanto desiderato e mai avuto?

Era l'ora di cena. Il vicolo per fortuna era deserto. In questo momento la sofferenza di tante persone diventava una. Sola e unica. E allora Oliver seppe finalmente la verità da loro: George aveva difeso una giovane ragazza indifesa, ma non era riuscito a fermarsi come invece Oliver aveva fatto. Entrambi avevano vissuto la stessa esperienza. Entrambi lo stesso triste destino. Questa scoperta avrebbe dovuto far vedere ancor di più la luce in fondo al tunnel a Oliver, invece lo fece sprofondare un po', sempre di più, ancora...I due uomini si guardarono per un'ultima volta. Sapevano entrambi che mai si sarebbero più rivisti. Oliver rimase lì fermo per tanto. L'altro si allontanò con il suo nuovo e giovane figlio.

Capitolo ventisette
Questione di fede

Era da tempo che Cloe non entrava in chiesa. Di solito la domenica mattina era impegnata a studiare per l'università, e aveva perso questa abitudine che la sua famiglia le aveva sempre insegnato a rispettare. I suoi genitori erano credenti e praticanti. E lei non stava più andando in chiesa, si era messa insieme a un ragazzo che sicuramente non avrebbero approvato e adesso era anche incinta. "Peggio di così…", pensò.

Oliver aveva provato a chiamarla, ma lei non aveva risposto. Aveva spento il cellulare, prima di entrare in chiesa. Non sapeva come avrebbe fatto ad affrontarlo. Tutti questi pensieri le occuparono la mente mentre era seduta e guardava dio di fronte a sé.

Sapeva che era sbagliato rivolgersi a lui solo nel momento del bisogno. Perché avrebbe dovuto ascoltare le sue preghiere? Ma si sapeva che dio era buono. Che perdonava e di certo avrebbe ascoltato quel che Cloe aveva da dirgli…

«So di non essere perfetta, so anche che penserai che in questa situazione mi ci sono cacciata da sola, o meglio…non proprio sola…Oh mamma…sto farfugliando cose senza senso, scusa. Il fatto è che forse questo non è il luogo più adatto per certi discorsi. So che penserai che per fare un figlio sarebbe meglio essere adulti e sposati. Cioè, non è solo un tuo pensiero, in realtà è ciò che la chiesa insegna, ma vedi…» Cloe rifletté un attimo e poi continuò, «In verità sono così spaventata che non riesco neppure ad avere la forza di piangere!» Cloe si portò le mani sul viso. Era appena passata l'ora di cena e la chiesa era deserta, o almeno pensava fosse deserta. E quando sentì quella voce profonda che la chiamava, ebbe un sussulto.

«Cloe, cosa succede? Stavi parlando…da sola.» Oliver non riuscì a dire che in realtà aveva capito che stava parlando con dio. Lui voleva credere in dio. Aveva sempre cercato di crederci. Soprattutto dopo l'incontro appena avvenuto con quell'uomo. Aveva sentito subito il bisogno di parlare con Cloe, di dirle che forse era tutto uno sbaglio. Che lui non era perfetto per lei. Si era sentito di nuovo sporco, marcio dentro. I ricordi che quegli uomini gli avevano fatto riaffiorare del carcere, la verità su George…Stava sprofondando di nuovo, ma non voleva portare Cloe con sé. La amava troppo per farle vivere tutti i suoi tormenti. Le aveva telefonato, ma Cloe non aveva risposto e così aveva deciso di raggiungerla a casa, ma non appena era arrivato l'aveva vista uscire e l'aveva seguita sospettoso. Che cosa stava succedendo? Perché sembrava che pregasse?

«Ti ho chiamato Cloe. Mi sono preoccupato, di solito ci sentiamo a quest'ora. Avevo bisogno di parlarti e sono venuto da te. Ti ho seguita fino a qui…Cosa succede?» Intanto si avvicinava a lei con passi misurati. Cloe in questo momento trovò la forza di piangere. Oliver aumentò il passo e, una volta di fronte a lei, la strinse forte.

«Sono incinta», bisbigliò coraggiosa tra le lacrime, con il viso premuto sul suo petto, «Ho fatto il test, ed era positivo.»

«C…cosa? Ma, non…» E si bloccò. Certo che era possibile. Quella volta, quell'unica volta in cui, anche se per pochi minuti, voleva sentire ancor di più il suo calore, prima di proteggersi di nuovo. Quel momento così intimo, così profondo, in cui era dentro Cloe, avvolto dal suo calore e dal suo desiderio, era stato fatale. Un figlio era un dono prezioso. Ma lui? Che razza di padre sarebbe stato?

Dopo un lungo silenzio Cloe si staccò dal suo abbraccio fattosi sempre più forzato, e lo guardò. Oliver avrebbe voluto dirle che era felice, che non avrebbe dovuto preoccuparsi di nulla. Che insieme ce l'avrebbero fatta. Che si sarebbe occupato di lei e del loro bambino, e forse avrebbe detto esattamente queste stesse parole se quel maledetto incontro non fosse avvenuto. Ma adesso? Era confuso e si odiò per questo. Cloe capì che non era la notizia ad averlo sconvolto davvero. Capì che la sua telefonata di prima non era stata fatta per dirle quanto la amava.

«Mi volevi lasciare, non è vero? Avevi gli occhi vitrei quando sei entrato e mi hai vista.» Cloe lo guardava. Guardava quei graffi e quel livido sul suo viso. Ma non gli chiese nulla. Se avesse voluto, avrebbe detto lui quello che gli era successo.

«Usciamo di qui. Parliamo con calma...»

«No! Lasciami!» Cloe si allentò dalla sua presa. Tutto stava avvenendo alla velocità della luce. Era ancor peggio di quel che pensava. Le lacrime si bloccarono di nuovo. E si allontanò.

Oliver voleva correrle dietro, ma non ci riusciva. Si sentiva bloccato. La guardò mentre usciva dalle porte della chiesa e quando non la vide più, si girò verso l'altare. Non pregava mai veramente, Oliver. Questa volta, però, si aggrappò all'unica speranza che in corpo gli era rimasta: la fede.

Capitolo ventotto
Le migliori amiche

«Cloe, noi siamo con te. Ti accompagneremo alle visite. Ti staremo vicine se deciderai di tenere il bambino. Ti staremo vicine se deciderai di interrompere la gravidanza. Questo fanno le amiche.»

Vivienne ed Emilie erano le uniche persone che aveva vicine in questo momento così delicato. E i suoi genitori? Forse avrebbe nascosto la gravidanza finché avrebbe potuto. Sì, perché Cloe avrebbe tenuto il bambino. Sentiva di amarlo. In fondo non aveva nessuna colpa. La colpa era solo sua per essersi innamorata di un ragazzo che non era quello giusto per lei. Come poteva pensare davvero che avrebbero avuto un futuro? Lui quella sera voleva già lasciarla, e neanche sapeva del bambino. Doveva farsene una ragione. Non sarebbe stato facile. Avrebbe rallentato un po' gli studi e lavorato di più. Doveva pensare al piccolino che la prossima estate sarebbe venuto al mondo. Sarebbe stato un natale malinconico, questo. Le era sempre piaciuto immaginare quell'atmosfera. Sentire sul viso quel nevischio gelido che invadeva le vie di Parigi. Ma ora che poteva vivere queste belle sensazioni il ricordo di Oliver che non faceva più parte della sua vita, non le fece più provare questo desiderio.

Non avrebbe passato il giorno di Natale con i suoi genitori. Avrebbe inventato una scusa riguardante i suoi studi, e loro avrebbero capito, e se non avessero capito poco le sarebbe importato. Avrebbe pensato a parlare con loro subito dopo l'inizio del nuovo anno.

«Grazie ragazze, non so davvero come farei se non ci foste voi.»

«Adesso, dovresti trovare una brava ginecologa, credo che sarebbe opportuno per te fare una visita.» esordì Emilie.

«La mia è bravissima. Ti do il numero o se preferisci la chiamo io per te» disse Vivienne accarezzandole dolcemente una spalla, mentre il suo viso era premuto sulle sue ginocchia.

«Grazie Vivianne, ma la chiamerò io. Se sono stata abbastanza matura per concepire, posso gestire una imbarazzante telefonata in cui spiego che a vent'anni sono rimasta incinta di un ragazzo da poco conosciuto, e per di più che mi ha sverginata.» Trattennero tutte un sorriso. Cloe aveva la capacità di non perdere mai il suo senso dell'umorismo, anche in situazioni delicate. Era la sua forza. Il suo essere delicata e spontanea.

Rimasero così, in silenzio. Non chiesero nulla di Oliver. Non giudicarono. Erano delle vere amiche. Le amiche più preziose che avrebbe mai potuto incontrare. Pregò in silenzio, anche per questo...

Capitolo ventinove
Un'altalena di emozioni

Lily aveva capito che qualcosa non andava tra Oliver e Cloe. Nessuno dei due si decideva a parlare. Avrebbe tanto voluto aiutarli. Solo una sera riuscì a far confessare Cloe. Era incinta e Lily si sentì colmare il cuore di gioia. Ma, a quanto pareva, Oliver si era defilato. "No, non è possibile", pensò. Oliver non lo avrebbe mai fatto. Non avrebbe voluto impicciarsi, ma lui era come un figlio per lei. Lavorava sodo, e stava imparando egregiamente tutti i trucchi del mestiere. Si sarebbe ampliato un giorno. Ne era sicura. Era giovane, intelligente, sveglio e ambizioso. Non voleva credere che non accettasse un figlio suo. Dopo l'infanzia passata…Non avrebbe davvero abbandonato suo figlio e la donna che ama.

«Oliver, ragazzo mio, perché ti stai comportando così?» Oliver capì che Lily aveva parlato con Cloe. Aspettava il suo bambino, e da giorni non si faceva sentire. Se ne vergognava molto, ma il cuore era un'altalena di emozioni e lui aveva troppa paura di far del male a Cloe.

«Non voglio abbandonare mio figlio, se è quello che stai pensando, Lily. Voglio prendermi le mie responsabilità, ma Cloe…la renderò infelice.»

«Ma voi aspettate un bambino. Siete uniti per sempre. Questo è un dono Oliver, possibile che non lo capisci?»

Ma Oliver lo capiva, invece. Capiva che questo bambino era importante, ma soprattutto capiva che avrebbe avuto i suoi genitori al suo fianco, anche se…Forse non sarebbero mai più stati insieme. Non era quello che voleva. Non aveva mai avuto una famiglia e ora stava per costruirne una sua, in maniera del tutto inaspettata. Avrebbe dovuto fare i salti di gioia, ma come poteva? Come avrebbe potuto la famiglia di Cloe accettare uno come lui? Con il suo passato? Per loro non sarebbe stato un eroe, come invece quella ragazzina lo aveva definito. Il suo eroe…Poco importava il motivo per cui era finito in carcere. Importava solo che ci fosse finito. E se pur di stare con lui i suoi genitori la avessero lasciata sola a se stessa? Una ragazza di appena venti anni. Con ambizioni e un futuro certo…Loro non lo avrebbero mai accettato e lui non voleva che Cloe fosse abbandonata dalla sua famiglia. Non riuscì a tenere per sé questi pensieri. Li condivise con Lily mentre, durante una piccola sosta lavorativa, si sentirono ancor più in sintonia. Lei lo capiva, proprio come una mamma dovrebbe sempre fare, ma non lo appoggiava.

«Guarda il ciondolo, Oliver!» disse Lily con enfasi, mentre lo teneva tra le mani, e continuò: «questo ciondolo è stato una benedizione. Ha riportato a galla e guarito tante ferite. Ha unito…Vi ha fatti incontrare. Avete trovato me…Non so quello che succederà con i genitori di Cloe, ma di certo so che voi vi appartenete. Che siete destinati a stare insieme, e questo bambino, così inaspettato, ne è la conferma. So che siete giovani, specialmente Cloe che ancora non ha vissuto appieno nessuna esperienza di vita, ma tu…il modo in cui ti guarda…Lei ti aspettava! Aspettava quella scintilla, quel sentimento che non riusciva a emergere dal suo grande cuore. Non rinunciare a essere felice, non sei un egoista a volerla solo per te e sono sicura che ti farai in quattro perché lei continui a studiare e a realizzare i suoi sogni.»

Gli occhi di Oliver erano lucidi. Lily gli parlava, e lui osservava il ciondolo. Solo quando riuscì a guardarla negli occhi capì che forse non era troppo tardi per rimettere le cose a posto.

Capitolo trenta
Stretti in un abbraccio

Cloe osservava il telefonino sul comodino che lampeggiava. Un messaggio...Sperava con tutto il cuore che si trattasse di Oliver e non di qualche compagna di corso che le chiedeva degli appunti per una lezione persa.

Aveva pianto per tutta la notte, fino a non avere più lacrime da versare. Tra le braccia delle sue amiche. Le sue amiche speciali. Le sue amiche del cuore. Con la mano tremante lo prese, aprì lo sportelletto di questo vecchio modello. Lei e Oliver avevano almeno questo in comune: il non essere per niente all'avanguardia, entrambi con un cellulare tra i primi modelli usciti in commercio. Sorrise appena al pensiero. Di un sorriso che si spalancò ancor di più non appena lesse: "Mi manchi da morire. Se mi vuoi ancora vicino a te, mi basta solo uno squillo e andrò lungo il fiume. Mi troverai seduto su quella panchina dove tutto è cominciato."

Cloe fece uno squillo. Sapeva che sarebbe corsa da lui. Sapeva che avrebbe dovuto affrontare i suoi genitori, prima o poi, sapeva che era una ragazza di appena vent'anni che ancora doveva costruirsi un futuro solido. Sapeva che la strada sarebbe stata tutta in salita. Ma sapeva anche che Oliver sarebbe stato al suo fianco. Sapeva che lui aveva bisogno d'amore incondizionato, come anche lei stessa, d'altronde.

Non svegliò Emilie e Vivienne, ma lasciò loro un biglietto, scrivendo dove stava andando, così che non si preoccupassero. Si vestì velocemente, con quello che le capitò sottomano, ma non rinunciò alle sue scarpette rosse. Uscì di casa e, a passi svelti, attraversò quel ponticello e si diresse proprio lì. Lui era già arrivato. Era seduto sulla panchina.

«Oliver!» lo chiamò a gran voce. Oliver, non appena la vide, si alzò e le corse incontro. La prese tra le braccia e la baciò. La baciò fino a farle mancare il respiro. Si staccò solo per guardarla negli occhi e poi spostare il suo sguardo sulla pancia. Quella pancia che sarebbe cresciuta sempre più e che lo aveva reso l'uomo più felice sulla terra. Sì, ora si sentiva davvero un uomo Oliver. Questo bambino avrebbe vissuto una vita meravigliosa. Avrebbe avuto due genitori che si amavano davvero. Avrebbe raccontato a lui, o lei, come mamma e papà si erano conosciuti. Sarebbe stato sempre sincero.

«Perdonami Cloe, quella sera ero molto scosso. Ho rivisto due uomini che...» chiuse gli occhi per un attimo, per infondersi coraggio e allora Cloe capì il perché di quei graffi e quel livido, e poi continuò, «erano in prigione con me. Uno di loro era l'uomo che mi ha ferito. Ho scoperto cose che mi hanno scosso, facendomi tornare a quei mesi. Ho avuto paura di crollare e non volevo portarti all'inferno con me...»

Cloe posò di nuovo le labbra sulle sue e lo tranquillizzò.

«Voglio che mi racconti tutto quando sarai pronto, non devi preoccuparti per me. Siamo uniti ancor di più adesso. Aspettiamo un bambino, il nostro bambino, i tuoi momenti tristi saranno anche i miei momenti tristi. I tuoi momenti felici, saranno anche i miei momenti felici. Ti amo e non posso stare senza di te.»

«Anche io ti amo mia piccola Raperonzolo, mi prenderò cura di te. Lo diremo insieme ai tuoi genitori e se non capiranno e mi odieranno non importa. Passerà, non appena vedranno il loro nipotino. Ne sono sicuro.» Cloe ci sperava davvero.

***

Più tardi erano stretti in un abbraccio tra le lenzuola.

Questo piccolo tugurio non sembrava poi così male quando lì c'era anche Cloe. Con le labbra le disegnava piccoli cerchi sulla pancia e lei si beava di questo contatto accarezzandogli i capelli e sospirando a ogni suo bacio che, man mano, si faceva sempre più audace, arrivando a lambirgli ogni centimetro di pelle che non si è soliti esporre. Si sentiva come su una nuvola. Una soffice e accogliente nuvola. La sensazione più bella che avesse mai provato. Era l'amore, quella parola da lei tanto agognata. Quella parola da Oliver, fino al suo incontro con lei, sconosciuta. Sarebbero rimasti così per sempre. Nudi, tra le braccia l'uno dell'altra. Avrebbero potuto sfamarsi solo d'amore? Cloe pensava di sì, ma Oliver già cominciava a preoccuparsi sul fatto che avrebbe dovuto mangiare per due. Il fatto era che Cloe, aveva sempre mangiato per due. Sorrise al pensiero.

«Diventerò una balena, già sono piuttosto soprappeso.»

Oliver inchiodò gli occhi ai suoi.

«Stai scherzando, vero?»

«Direi di no.»

«Sei perfetta e sarai perfetta anche con il pancione. Possibile che tu non ti renda conto di come sei bella?»

«Vuoi dirmi che le tue avventure del passato non avevano l'aspetto di super modelle?» lo provocò Cloe e poi continuò, «tipo quella che mi ha incendiata con lo sguardo non appena ci ha visti sotto il tuo portone prima di salire?» Oliver capì che si trattava di Shelby. Non si era accorto di lei, ma non ne era stupito. I suoi occhi erano solo per Cloe.

«Questo non significa nulla» disse semplicemente scrollando appena il capo.

«Non hai negato...»

«Sei ancora più bella quando fai la gelosa, lo sai?»

«Hai intenzione di farmi ingelosire spesso?» Oliver si mise sopra di Cloe sostenendosi con gli avambracci. Erano occhi negli occhi.

«L'unica cosa che ho intenzione di fare con te da adesso in poi è l'amore fino a sfinirti. Dormire abbracciato a te e, da domani, parlare di tutte quelle cose banali ma tanto meravigliose, quali: visite dal ginecologo, acquisti per il bambino, vizi che ti riserverò e sull'idea di trovare un appartamento grazioso da affittare, che sia perfetto per noi.» Oliver era serio e Cloe non ebbe nulla da obiettare.

«Mi sembra giusto» rispose infatti.

«Il lavoro che mi ha offerto Lily per noi è una grande possibilità. Le cose stanno andando bene. Non ho intenzione di deluderla. Porterò avanti la sua attività da solo, un giorno. Ne sono onorato. Le sono immensamente grato.»

«Sei come il figlio che non ha mai avuto amore e poi le hai fatto un dono grandissimo. George ora riposa davvero in pace, e questo solo grazie a te.»

«E a te, mia piccola Raperonzolo.»

Le raccontò poi tutto di quell'incontro, della colluttazione e della scoperta sull'arresto di George. Cloe lo abbracciò ancor più stretto a sé.

Capitolo trentuno
Una vita semplice

I giorni passati furono davvero intensi per Cloe. Lo studio le portava via molto tempo e la mattina presto si svegliava in preda alle nausee. Lily le propose di trasferirsi almeno qualche giorno da lei e Cloe accettò. Non voleva essere un peso per le sue amiche, anche se loro mai le avevano fatto pensare questo. Ma le cose erano inevitabilmente diverse. Cloe ora era davvero una donna, e presto sarebbe diventata mamma. Oliver era riuscito a trovare un appartamento non molto distante dalla calzoleria e dalla casa di Lily. Una volta risistemato sarebbero andati a vivere lì. Per il momento lui continuava a stare nel suo tugurio, non voleva essere un peso per Lily. E poi era Cloe quella che necessitava di una figura femminile al suo fianco. Sapeva che, una volta parlato con i suoi genitori, avrebbe dovuto darle ancora più conforto. Ora l'unica che aveva bisogno di essere davvero tranquilla e felice era Cloe, il resto non importava. Era testarda e determinata e lui l'amava soprattutto per questo, ma vederla stanca quando passava in negozio e poi osservarla addormentarsi sui libri nel retrobottega lo intristiva un po'. Ma erano i suoi studi e non avrebbe interferito.

Continuava anche a fare la dog sitter. Le passeggiate con Barnaba, Lola, Rudolf e Sissi erano davvero rigeneranti per Cloe. Sapeva solo che avrebbe dovuto stare attenta e lavarsi ogni volta le mani dopo averli toccati, visto che non sapeva ancora molto riguardo certe malattie che si potevano prendere in gravidanza. Doveva fare ancora la prima visita e quel poco che aveva appreso lo aveva letto in biblioteca, facendo ricerche sul computer.

«Quando ci trasferiremo nella casa nuova ne compreremo uno, e magari anche un cellulare che abbia l'accesso a internet. Siamo davvero dei trogloditi!» gli aveva detto Oliver una sera divertito, mentre le massaggiava le gambe.

«Non sono molto d'accordo, mi piace essere una troglodita, insieme a te…» gli aveva risposto.

Oliver aveva pensato che forse non era poi così male una vita semplice. Una vita in cui lui faceva il calzolaio e la sua bella realizzava il suo sogno di aiutare il prossimo. In verità era una vita perfetta. Una vita che mai avrebbe pensato gli sarebbe stata concessa, un giorno.

Capitolo trentadue
Lo stesso desiderio

La prima visita di controllo dalla ginecologa, che l'amica Vivienne le aveva consigliato, fu molto semplice, in quanto le confermò la gravidanza e le diede tutte le informazioni del caso, rispondendo anche a tutte le domande che tanto agognavano entrambi. La seconda invece, quella dei tre mesi, avvenne nel nuovo anno. Cloe e Oliver avevano passato il loro primo Natale e capodanno insieme, a casa di Lily. Per Oliver era stato davvero speciale, soprattutto l'inizio dell'anno nuovo. Un anno diverso, che lo emozionava come non mai. Lui e Cloe avrebbero visto il loro bambino per la prima volta.

Un anno di cambiamenti...Primi e veri cambiamenti.

La sera prima della visita tanto attesa, Oliver aveva accettato di bere una birra con il suo nuovo e unico amico

Ruben. "Non è poi così male avere un amico", pensò Oliver. "Anzi, è bellissimo!", continuò tra i suoi pensieri.

Avevano parlato di cose tra maschi. Era simpatico e nonostante l'aspetto lo facesse sembrare un po' un pallone gonfiato, non era per niente così. L'apparenza davvero ingannava, e Oliver lo sapeva bene. Quelli che negli anni si spacciavano per amici volevano sempre in cambio un favore, ma Oliver lo sapeva sempre in anticipo. Per questo preferiva starsene per conto suo a tirare pugni al suo sacco da boxe. Cosa che faceva sempre meno e solo con l'intento di tenersi in forma. Non era più uno sfogo per lui. Ora aveva Cloe, una famiglia e un buon amico con cui bere birra ogni tanto e guardare lo sport alla tv. Era tutto perfetto.

Questi pensieri lo accompagnarono fino a quando il suo cervello si bloccò all'istante. La mano di Cloe stretta tra la sua, mentre sul monitor compariva il loro bambino. Non stava un attimo fermo. Lui e Cloe si guardarono scoppiando in una risata interrotta da qualche lacrima di gioia versata.

«Sta crescendo bene. I parametri sono perfetti. Ancora non possiamo affermare con certezza il sesso, però» disse la dottoressa.

«Ma noi non vogliamo saperlo!» esclamarono all'unisono. La dottoressa sorrise. Li vedeva così giovani, ma allo stesso tempo maturi. Una coppia bellissima.

Si guardarono felici di avere lo stesso desiderio.

Quando la visita finì la dottoressa si raccomandò sulle visite successive e sulla possibilità di frequentare insieme un corso pre parto, a cui loro sarebbero andati entusiasti. Lasciò loro le immagini del bambino. Cloe le prese portandosele al petto. Proprio sul cuore. Oliver le diede un bacio sulla fronte e uscirono di lì un po' più sereni, nonostante sapevano che il fine settimana sarebbe stato difficile. Sarebbero andati a parlare con i genitori di Cloe.

Capitolo trentatré

Dure reazioni

Laurelail pianse. Questa era stata la sua reazione. Suo padre era visibilmente scosso, ma cercò di mantenere un certo garbo. Oliver era stato sincero su tutto. Raccontò per filo e per segno del suo vissuto.

«Sei incinta di tre mesi, Cloe! Ti abbiamo pagato l'università e ti abbiamo aiutata a cercare un appartamento. Ti abbiamo cresciuta come una principessa e tu, cosa fai? Fai sesso con uno che appena conosci dicendo che lo ami, ti fai mettere incinta e poi arrivi qui come se tutto fosse normale? E non propinarmi ancora una volta questa storia strappa cuore del ciondolo! Questa è la realtà. Quella nuda e cruda che ti ho appena sbattuto in faccia. Non sai nulla di questo ragazzo. Sei stata una stupida!»

Laurelail lasciò la stanza e andò di sopra dicendo a voce bassa, infine, che non voleva più vedere sua figlia. Suo padre, invece, cercò di capire. Di ascoltare questi giovani ragazzi, anche se faceva davvero una gran fatica. Cloe porse al padre le immagini del suo bambino. Il padre ebbe un lieve sussulto, ma Cloe aveva capito che anche lui, nonostante fosse ancora lì ad ascoltarli, avrebbe avuto comunque bisogno di tempo.

«Signor Lorìn, io sono innamorato di Cloe. Ho un lavoro stabile, adesso. Il mio passato non mi ha reso una persona peggiore. Con me sarà al sicuro. Continuerà a studiare e realizzerà i suoi sogni. Non permetterò che accada il contrario. Ha la mia parola.» Oliver parlava con il cuore in mano.

«Forse dovresti stare da noi per un po', almeno fino a che non nascerà il bambino. Parlerò io con tua madre, Cloe.» Non rispose a Oliver, si rivolse solo a sua figlia. Ma era giusto così, per Oliver. Era entrato nella vita di queste persone per bene. L'aveva stravolta. Cloe lo guardò e, come se avesse letto i suoi pensieri, gli strinse forte la mano.

Non si sarebbe mai trasferita lì.

Se ne andarono la sera stessa e, in silenzio, nella loro anima, pregarono che un giorno i suoi genitori capissero la gioia che invece regnava nel loro cuore.

Capitolo trentaquattro
Teneri momenti

I mesi passavano e le nausee di Cloe erano sparite, sostituite da tutti gli altri piccoli disturbi portati dalla gravidanza.

Per fortuna si sentiva abbastanza in forma, e la pancia cresceva. Riusciva a frequentare l'università con regolarità e anche a trovare il tempo di uscire con le amiche per comprare un po' alla volta tutto l'occorrente per il bambino.

«Avete pensato a un nome?» domandò Emilie curiosa, mentre sorseggiavano un tè in un bar tra un acquisto e un altro.

«In realtà no. Credo che quando lo vedremo o la vedremo, decideremo. Non parliamo molto della nascita, cerchiamo di vivere il presente.»

«E i tuoi genitori? Li hai più sentiti?» domandò Vivianne.

«No»

«Vedrai che capiranno Cloe. Quando vedranno il loro nipotino tutto passerà, ne sono sicura!»

«Lo spero tanto Emilie. Lo spero davvero tanto.»

Con Oliver non ne avevano più parlato. Cercavano di concentrarsi solo sulla loro felicità. Il lavoro aumentava sempre più, e Lily di questo ringraziava Oliver che era veloce nel riparare e rimettere a nuovo le calzature rendendo i clienti sempre soddisfatti. Il loro piccolo nido era quasi del tutto sistemato…Sarebbero andati a viverci per la prima volta con il loro bambino tra le braccia. Cloe la trovava una cosa davvero romantica e Oliver era d'accordo. Voleva solo renderla felice.

***

Più tardi, dopo un piacevole sabato pomeriggio con le amiche, Cloe passò al negozio. Ma prima di entrare osservò, cercando di non farsi notare, Oliver e Lily. Con loro anche i quattro adorabili cani, che Cloe considerava una parte importante di sé e che, con la giusta severità di Oliver, ora potevano stare anche in negozio con la sua padrona, senza combinare guai. Era dolce Oliver, ma sicuro di sé. Sarebbe stato un padre fantastico per suo figlio. Un figlio che lo avrebbe rispettato e tanto tanto amato. Li osservava parlare amorevolmente tra loro.

Immaginava di vedere i suoi genitori, che lo amavano quanto Lily lo ama. Le venne da piangere, ma cercò di ricomporsi. Non voleva che se ne accorgessero. Certo, aveva gli occhi lucidi ormai, ma poteva sempre usare la scusa del freddo pungente. Quel freddo che a fine febbraio non risparmiava una città come Parigi. Ancora qualche fiocco di neve scendeva dal cielo, mantenendo quell'atmosfera natalizia, nonostante ormai fosse passata. Faceva freddo, era vero, ma forse poteva rimanere un altro po' a guardarli, avvolta dal suo cappotto di lana e il berretto, le ballerine sostituite da stivali da pioggia, beandosi ancora un po' di questi bei e teneri momenti tra loro.

Capitolo trentacinque
Quel senso di protezione

Il tempo passava e la pancia di Cloe cresceva sempre più. Ormai non poteva più camuffarla. Anche all'università adesso tutti sapevano che sarebbe diventata mamma. Ne aveva il timore, ripensando agli anni passati. Alla sua adolescenza, e a come sapevano essere cattivi i ragazzini di quell'età così difficile per gli adulti da comprendere. Invece dovette ricredersi ancora. Nessuno la giudicava. Nessuno puntava il dito. Spesso molti si fermavano a chiedere come stava e che sensazione provava ad avere un bimbo nella pancia. Persino i professori si dimostrarono ancor più affettuosi in quel momento. Rispondeva volentieri a chi si interessava, con le amiche al suo fianco mentre camminavano per che raggiungevano l'armadietto insieme a lei a fine lezione. Sembravano orgogliose della loro amica. Forse era anche bello sentirsi un po' al centro dell'attenzione.

Le uniche domande a cui mentiva erano quelle riguardanti i suoi genitori. Quando le chiedevano come l'avessero presa lei rispondeva che erano felici di diventare nonni. Un tuffo al cuore ogni bugia, ma non poteva dire la verità. Non poteva permettere che degli estranei pensassero di loro che erano dei mostri. Voleva proteggerli. Erano pur sempre i suoi genitori.

Una sera, quando proprio il pensiero di loro diventò incessante, si sdraiò sul letto e cominciò a piangere. Rudolf, Barnaba, Lola e Sissi, erano in casa con lei. Le si avvicinarono. Sissi saltò su e le si rannicchiò proprio vicino al pancione sempre più ingombrante, mentre gli altri stavano con il muso appoggiato al bordo del letto. Volevano consolarla e lei li abbracciò a uno a uno, emozionata da questo amore incondizionato. Peccato che i singhiozzi non volessero placarsi. Solo quando sentì la porta di casa aprirsi e richiudersi, e si trovò Oliver di fronte, cominciò a sentire il cuore un po' più sereno. Anche se le lacrime continuavano. In un attimo Oliver fu sdraiato dietro di lei. Le spalle di Cloe aderivano perfettamente al suo petto, mentre portava le mani attorno al suo pancione, cominciando ad accarezzarlo, portando il piccolino dentro a muoversi animatamente. Cominciò a sussurrarle parole di conforto nelle orecchie, mentre il loro bambino tirava calcetti, riuscendo anche a strappare un sorriso tra le lacrime.

«La mia vita prima era solo buia. Pensavo che avrei vissuto di tenebre e ricordi. Ma poi arrivi tu, mia piccola Cloe, con quella scarpette rosse, e mi cambi la vita. Io ti amo e ti amerò per sempre, mia dolcissima Raperonzolo. Non dimenticarlo mai. Vedrai che le cose si metteranno a posto. Te lo prometto.» Le parole di Oliver e il suo abbraccio erano una calda coperta. La casa di Lily era il suo nido sicuro finché non si fossero trasferiti nel loro di nido sicuro. E poi l'amore di quattro esserini a quattro zampe era fortuna che non tutti purtroppo potevano comprendere. Era fortunata e lo sapeva. Forse davvero un giorno avrebbero capito.

«Io ero solo una ragazza un po' insicura che cercava il suo posto nel mondo e poi…e poi incontro te e mi sento come se avessi già trovato quel posto nel mondo…Noi siamo perfetti insieme. Siamo perfetti così…

EPILOGO

Tutto il dolore svanisce all'istante…Quelle parole ripetute spesso dalle ostetriche che tenevano il corso pre parto, parole che pensava essere solo di conforto e nulla più, erano vere invece. Lo aveva passato ed era accaduto. Quando prese tra le sue braccia il loro piccolo Lucìenne, il dolore svanì in un soffio.

Era un bel maschietto di tre chili. E non appena lo videro, il nome era nato così, insieme a lui.

Quando anche Oliver lo prese tra le braccia, la sensazione che provò fu di totale felicità. Tutto il suo passato era sempre lì, in lui, ma in un angolino nascosto della sua anima. Chiuso a chiave per sempre. Non sarebbe mai più riaffiorato. Perché la felicità era troppo grande e poteva solo che schiacciarlo, se ci avesse provato.

«Ha i tuoi occhi Oliver. Occhi svegli e profondi.» Oliver annuì inorgoglito, anche se sapeva che il loro piccolo

Lucìenne era identico alla mamma. Aveva i suoi piccoli lineamenti delicati. Era perfetto.

Era felice Cloe, ma ogni tanto il suo sguardo era altrove. Pensava ai suoi genitori, e Oliver lo sapeva.

Anche Lily e le sue amiche erano lì vicine, adesso, felici come non mai. Mancavano solo loro…

Le aveva promesso che tutto si sarebbe sistemato. Voleva farle una sorpresa e ci era riuscito. Li aveva chiamati e aveva detto semplicemente: «Si chiama Lucìenne, è appena nato e pesa tre chili. Assomiglia a Cloe e sarebbe tanto felice di conoscere i suoi nonni. Gli unici nonni che avrà la fortuna di avere al suo fianco…»

Laurelail si portò una mano sul viso emozionata non appena, arrivati in ospedale, vide sua figlia e il suo nipotino. Suo padre le baciò la fronte, e Cloe si sentì subito più leggera. Guardò Oliver negli occhi e gli mimò un semplice grazie con la bocca e un semplice ma vero "Ti amo, per sempre". Oliver fece lo stesso.

E quando dopo pochi giorni misero piede nel loro nido d'amore per la prima volta con il piccolo tra le braccia, Oliver pensò che davvero erano perfetti così.